琼 瑶

作 品 大 全 集

浪花

琼瑶 著

作家出版社

琼瑶，本名陈喆，作家、编剧、作词人、影视制作人。原籍湖南衡阳，1938年生于四川成都，1949年随父母由大陆赴台生活。16岁时以笔名心如发表小说《云影》，25岁时出版首部长篇小说《窗外》。多年来笔耕不辍，代表作包括《烟雨蒙蒙》《几度夕阳红》《彩云飞》《海鸥飞处》《心有千千结》《一帘幽梦》《在水一方》《我是一片云》《庭院深深》等。

多部作品先后改编成为电影及电视剧，琼瑶也因此步入影视产业。《六个梦》系列、《梅花三弄》系列、《还珠格格》系列等，影响至深、成为几代读者与观众共同的记忆。

琼瑶以流畅优美的文笔，编织了众多曲折动人的故事。其作品以对于梦的憧憬和爱的执着，与大众流行文化紧密结合，风靡半个多世纪，成为华文世界中极重要的文学经典。

我为爱而生，我为爱而写

文字里度过多少春夏秋冬

文字里留下多少青春浪漫

人世间虽然没有天长地久

故事里火花燃烧爱也依旧

                        琼瑶

第一章

三月的黄昏。

夕阳斜斜地从玻璃门外射了进来，在蓝色的地毯上投下一道淡淡的光带。"云涛画廊"的咖啡座上几乎都坐满了人，空气中弥漫着浓郁而香醇的咖啡味。夕阳在窗外闪烁，似乎并不影响这儿的客人们喁喁细语或高谈阔论，墙上挂满的油画也照旧吸引着人们的注意和批评。看样子，春天并不完全属于郊外的花季，也属于室内的温馨。贺俊之半隐在柜台的后面，斜倚在一张舒适的软椅中，带着份难以描述的、近乎落寞的感觉：望着大厅里的人群，望着卡座上的情侣，望着那端盘端碗、川流不息的服务小姐们。他奇怪着，似乎人人兴高采烈，而他却独自消沉。事实上，他可能是最不该消沉的一个，不是吗？

"如果不能成为一个画家，最起码可以成为一个画商！如果不能成为一个艺术家，最起码可以成为一个鉴赏家！"

这是他多年以前就对自己说过的话。艺术家要靠天才，不能完全靠狂热。年轻的时候，他就发现自己只有狂热而缺乏天才，他用了很长久的时间才强迫自己承认这一点。然后面对现实地去赚钱、经商，终于开了这家"云涛画廊"，不只卖画，也附带卖咖啡和西点，这是生意经。人类喜欢自命为骚人雅士，在一个画廊里喝咖啡，比在咖啡馆中喝咖啡更有情调。何况"云涛"确实布置得雅致而别出心裁，又不像一般咖啡馆那样黑茫茫暗沉沉。于是，自从去年开幕以来，这儿就门庭若市，成为上流社会的聚集之所，不但咖啡座的生意好，画的生意也好，不论一张画标价多高，总是有人买。于是，画家们以在这儿卖画为荣，有钱的人以在这儿买画为乐。

"云涛那儿卖的画嘛，总是第一流的！"这是很多人挂在嘴边的话。贺俊之，他没有成为画家，也没有成为艺术家，却成了一个很成功的，他自己所说的那个"最起码"！

"云涛"是成功了，钱也越赚越多，可是，这份"成功"却治疗不了贺俊之的孤寂和寥落。在内心深处，他感到自己越来越空泛，越来越虚浮，像一个氢气球，虚飘飘地悬在半空，那样不着边际地浮荡着，氢气球只有两种命运，一是破裂，一是泄气。他呢？将面临哪一种命运？他不知道。只依稀恍惚地感到，他那么迫切地想抓住什么，或被什么所抓住。

气球下面总该有根绳子，绳子的尽头应该被抓得紧紧的。可是，有什么力量能抓住他呢？云涛？金钱？虚浮的成功？自己的"最起码"？还是那跟他生儿育女、同甘共苦了二十年的婉琳，或是年轻的子健与雨柔？不，不，这一切都抓不住他，他仍然在虚空里飘荡，将不知飘到何时何处为止。

这种感觉是难言的，也没有人能了解。事实上，他觉得现代的人，有"感觉"的已经很少了，求"了解"更是荒谬！朋友们会说他："贺俊之！你别贪得无厌吧！你还有什么不满足？成功的事业，贤惠的太太，优秀的儿女，你应有尽有！你已经占尽了人间的福气，你还想怎么样？如果连你都不满足，全世界就没有该满足的人了！"

是的，他应该满足。可是，"应该"是一回事，内心的感触却是另外一回事。"感觉"是一种抽象的东西，它不会和你讲道理。反正，现在，他的人虽然坐在热闹的"云涛"里，他的精神却像个断了线的氢气球，在虚空中不着边际地飘荡。

电动门开了，又有新的客人进来了。他下意识地望着门口，忽然觉得眼前一亮。一个年轻的女人正走了进来，夕阳像一道探照灯，把她整个笼罩住。她穿着件深蓝色的套头毛衣，一条绣了小花的牛仔裤，披着一肩长发，满身的洒脱劲儿。那落日的余晖在她的发际镶了一条金边，当玻璃门阖上的一刹那，无数反射的光点像雨珠般从她肩上坠落——好一幅动人的画面！贺俊之深吸了口气！如果他是个画家，他会捉住这一刹那。但是，他只是一个"最起码"！

那女人径直对着柜台走过来了，她用手指轻敲着台面，对那正在煮咖啡的小李说："喂喂，你们的经理呢？"

"经理？"小李怔了一下，"哪一位经理？张经理吗？"

"不是，是叫贺俊之的那个！"

哦，贺俊之一愣，不自禁地从他那个半隐藏的角落里站了起来，望着面前这个女人：完全陌生的一张脸。一对闪亮的眼睛，挺直的鼻梁，和一张小巧的嘴。并不怎么美，只是，那眼底眉梢，有那么一股飘逸的韵味，使她整张脸都显得生动而明媚。应该是夕阳帮了她的忙，沐浴在金色的阳光下，她确实像个闪亮的发光体。

贺俊之走了过去。

"请问你有什么事？"他问，微笑着，"我就是贺俊之。"

"哦！"那女人扬了扬眉毛，有点儿惊讶。然后，她那对闪烁的眸子就毫无顾忌地对他从头到脚地掠了那么一眼。这一眼顶多只有两三秒钟，但是，贺俊之却感到了一阵灼灼逼人的力量，觉得这对眼光足以衡量出他的轻重。"很好，"她说，"我就怕扑一个空。"

"贵姓？"他礼貌地问。

"我姓秦。"她笑了，嘴角向上一弯，竟有点儿嘲弄的味道，"你不会认得我。"她很快地说，"有人告诉我，你懂得画，也卖画。"

"我卖画是真的，懂得就不敢说了。"他说。

她紧紧地盯了他一眼，嘴角边的嘲弄更深了。

"你不懂得画，如何卖画？"她咄咄逼人地问。

"卖画并不一定需要懂得呀！"他失笑地说，对这女人有了一分好奇。

"那么，你如何去估价一幅画呢？"她再问。

"我不估价。"他微笑着摇摇头，"只有画家本人能对自己的画估价。"

她望着他，嘴边的嘲弄消失了。她的眼光深不可测。

"你这儿的画都是寄售的？"她扫了墙上的画一眼。

"是的，"他凝视她，"你想买画？"

她扬了扬眉毛，嘴角往上弯，嘲弄的意味又来了。

"正相反！"她说，"我想卖画！"

"哦！"他好惊奇，"画呢？"

"就在门外边！"她说，"如果你肯找一个人帮我搬一搬，你马上就可以看到了！"

"哦！"他更惊奇了。"小李！"他叫，"你去帮秦小姐把画搬进来！"他转向那女人："请你到后面的一间小客厅里来，好吗？"

她跟着他，绕过柜台，走进后面的一间客厅里。这是间光线明亮、布置简单的房间，米色的地毯，棕色的沙发，和大大的落地长窗，垂着鹅黄色的窗帘。平时，贺俊之都在这房里会客、谈公事，和观赏画家们的新作。

小李捧了一大沓油画进来了，都只有画架和画布，没有配框子，大约有十张之多，大小尺寸都不一样。那位"秦小姐"望着画堆在桌上，她似乎忽然有些不安和犹豫，她抬起睫毛，看了看贺俊之，然后，她大踏步地走到桌边，拿起第一张画，下决心似的，把画竖在贺俊之的面前。

"贺先生，"她说，"不管你懂画还是不懂画，你只需要告诉我，你接不接受这样的画，在你的画廊里寄售。"

贺俊之站在那幅画的前面，顿时间，他呆住了。

那是一幅巨幅的画，整个画面，是一片浩瀚的海景图，用的是深蓝的色调，海浪在汹涌翻滚，卷着浪花，浪花的尽头接着天空，天空是灰暗的，堆积着暗淡的云层，没有阳光，没有飞鸟，海边，露着一点儿沙滩，沙滩上，有一段枯木，一段又老又朽又笨拙的枯木，好萧索、好寂寞、好孤独地躺在那儿，海浪半淹着它。可是，那枯木的枝丫间，竟嵌着一枝鲜艳欲滴的红玫瑰。那花瓣含苞半吐，带着一份动人心弦的艳丽。使那暗淡的画面，平添了一种难言的力量，一种属于生命的，属于灵魂的，属于感情的力量。这个画家显然在捕捉一些东西，一些并不属于画，而属于生命的东西。"它"是一件令人震撼的作品！贺俊之紧紧地盯着这幅画，好久好久，他不能动，也不能说话，而陷在一种奇异的、感动的情绪里。

半晌，他才在那画布角落上，看到一个签名："雨秋"。

雨秋！这名字一落进他的眼帘，立即唤起他一个强烈的记忆。好几年前，他曾看过这个名字，在一幅也是让他难忘的画上。他沉吟地咬住嘴唇，是了，那是在杜峰的家里，他家墙上挂着一幅画，画面是个很老很老的乡下老太婆，额上堆满了层层叠叠的皱纹，面颊干瘪，牙齿脱落，背上背着很沉重的一个菜篮，压得她似乎已站不直身子。可是，她却在微笑，很幸福很幸福地微笑着，眼光爱怜地看着她的脚下，在她脚下，是个好小好小的孩子，面孔胖嘟嘟的、红润润的，用小手牵着她的衣襟。这幅画的角落上，就是"雨秋"两个字。

当时，他也曾震撼过，也曾询问杜峰："谁是雨秋？"

"雨秋？"杜峰不经心地看了那幅画一眼，"是一个朋友的太太。怎样？画得很好吗？"

"画的本身倒也罢了，"他沉吟地望着那幅画，"我喜欢它的意境，这画家并不单纯在用她的笔来画，她似乎在用她的思想和感情来画。"

"雨秋吗？"杜峰笑笑，"她并不是一个画家。"

谈话仿佛到此就为止了，那天杜家的客人很多，没有第二个人注意过那张画。后来，他也没有再听杜峰谈过这个雨秋。事实上，杜峰在墙上挂张画是为了时髦，他自己根本不懂得画。没多久，杜峰家里那张画就不见了，换上了一张工笔花卉。当贺俊之问起的时候，杜峰说："大家都认为我在客厅挂一张丑老太婆的画是件很滑稽的事，所以我换了一张国画。你看这国画如何？"

贺俊之没有答话，他怀念那个丑老太婆，那些皱纹，和那个微笑。

而现在，"雨秋"这个名字又在他面前出现了。另一张画，另一张令人心灵悸动的作品。他慢慢地抬起眼睛来，望着那扶着画的女人，她正注视着他，他们的眼光接触了。那女人的黑眼珠深邃而沉着，她低声说："这幅画叫《浪花》。"

"浪花？"他喃喃地重复了一句，再看看画，"是浪花，也是'浪'和'花'，这名字题得好，有双关的意味。"他凝视那"秦小姐"：光洁的面颊，纤柔的下巴，好年轻，她当然不是"雨秋"。"朋友的太太"应该和他一样，是个中年人了，也只有中年人，才画得出这样的画，并不是指功力，而是指那种领悟力。"雨秋是谁？"他问，"你的朋友？母亲？"

她的睫毛闪了闪，一抹诧异掠过了她的面庞，然后，她微笑了起来。

"我就是雨秋，"她静静地说，"秦雨秋，本名本姓，本人。"

他瞪着她。

"怎么？"她不解地扬扬眉，"我不像会画画吗？"

"我只是——很意外。"他说，"我以为雨秋是个中年人，你——太年轻。"

"年轻？"她爽然一笑，坦率地看着他，"你错了，贺先生，我并不年轻，不——"她侧了侧头，一绺长发飘坠在胸前，她把画放了下来，"不很年轻，我已经三十岁了，不折不扣，上个月才过的生日。"

他再瞪着她。奇异的女人！奇异的个性！奇异的天分！他从不知道也有女性这样坦白自己的年龄，但是，她看来只像个大学生，一个年轻而随便的大学生！她不该画出"浪花"这样的画，她不应该有那样深刻的感受。可是，当他再接触到那对静静的、深恐的眸子时，他知道了，她就是雨秋！一个奇异的、多变的、灵慧的女人！一个"不折不扣"的艺术家。

"你知道——"他说，"这并不是我第一次看到你的画。"

"我知道。"她凝视着他，"你在杜峰家里，看过我的一幅《微笑》。听说，你认为那幅画还有点味道，所以，我敢把画带到你这儿来！怎么？"她紧盯着他，目光依旧灼灼逼人。

"你愿意卖这些画吗？我必须告诉你，这是我第一次卖画，我从没想过要以卖画为生，这只是我的娱乐和兴趣。但是，现在我需要钱用，画画是我唯一的技能，如果——"她又自嘲地微笑，"这能算是技能的话。所以，我决心卖画了。"她更深地望着他，低声地加了几句："我自视很高，标价不会便宜，所以，接受它以前，你最好考虑一下。"咬咬嘴唇，她很快地加了两句："但是，拒绝它以前，你最好也考虑一下，因为——我不大受得了被拒绝。"

贺俊之望着这个"雨秋"，他那样惊奇、那样意外、那样错愕……然后，一股失笑的感觉就从他心中油然生起，和这股感觉同时发生的，是一种叹赏、一种惊服、一种欣喜。这个雨秋，她率直得出人意料！

"让我再看看你其他的画好吗？"他说。站在桌边，他一张张地翻阅着那些作品。雨秋斜倚在沙发上，沉吟地研究着他的表情。他仔细地看那些画，一张衰荷，在一片枯萎的荷田里，漂荡着残枝败叶及枯萍，却有一个嫩秧秧的小花苞在风中飘荡，标题竟是《生趣》。另一张寒云满天，一只小小的鸟在翱翔着，标题是《自由》。再一张街头夜景，一条好长好长的长街，一排路灯，亮着昏黄的光线，没有街车，没有路人，只在街的尽头，有个小孩子在踽踽独行，标题是《路》。他一张张翻下去，越看越惊奇，越看越激动。他发现了，雨秋迫切想抓住的，竟是"生命"本身，放下了画，他慢慢地抬起头来，深深地看着雨秋。

"我接受了它们！"他说。

她深思地看着他。

"是因为你喜欢这些画呢，还是因为我受不了拒绝？"她问。

"是因为我喜欢你的画，"他清晰地说，"也是因为你受不了拒绝！"

"哈！"她笑了起来，这笑容一漾开，她那张多变化的脸就顿时显得开朗而明快。"你很有趣，"她热烈地说，"杜峰应该早些介绍我认识你！"

"原来是杜峰介绍你来的，为什么不早说？"

"你并不是买杜峰的面子而接受我这些画的，是吗？"

"当然。"

"那么，"她笑容可掬，"提他干吗？"

"哈，"这回轮到他笑了，"你很有趣，"他故意重复她的话，"杜峰真应该早些介绍我认识你！"

她大笑了起来，毫无拘束、毫无羞涩、毫无造作地笑，这使他也不由自主地跟着笑。这样一笑，一层和谐的、亲切的感觉就在两人之间漾开，贺俊之竟感到，他们像是认识了已经很多年很多年了。

笑完了，贺俊之望着她。

"你必须了解，卖画并不是一件很简单的事，你的画能不能受欢迎，是谁也无法预卜的事。"

"我了解。"她说，斜倚在沙发里，用手指绕着垂在胸前的长发。她的脸色一下子郑重了起来："可是，如果你能欣赏这些画，别人也能！"

"你很有信心。"他说。

"我说过，我很自傲。"她抬起眼睛来，望着他，"我是靠信心和自傲来活着的，但是，信心和自傲不能换得生活的必需品，现实比什么都可怕，没有面包，仅有信心和自傲是没有用的，所以，我的画就成了商品。"

"我记得——"他沉吟着，"你应该有人供养你的生活，我是指——""我的丈夫？"她接口说，"那已经是过去式了，我离婚了，一个独身的女人，要生活是很难的，你知道。"

"抱歉，我不知道你已经离婚。"

"没有什么好抱歉的，"她洒脱地耸耸肩，"错误地结合，耽误两个人的青春，有什么意义？我丈夫要一个贤妻良母，能持家、能下厨房的妻子，我拿他的衬衫擦了画笔，又用洗笔的松节油炒菜给他吃，差点儿没把他毒死，他说在我莫名其妙地把他弄死之前，还是离我远远的好些，我完全同意。不怪他，我实在不是个好妻子。"

他笑了。

"你夸大其词，"他说，"你不会那样糊涂。"

她也笑了。

"我确实夸大其词。"她坦白地承认，"我既没有用他的衬衫擦画笔，也没有用松节油毒他，但是，我不是个好妻子却是真的，我太沉迷于梦想、自由和绘画，他实在受不了我，因此，他离我而去，解脱了他，也解脱了我。他说，他是劫难已满。"她笑笑，手指继续绕着头发，她的手指纤细、灵巧而修长："你瞧，我把我的事情都告诉了你！"

"你的父母呢？"他忍不住往下探索，"他们不会忍心让你生活困难的吧？""父母？"她蹙蹙眉头，"他们说我是怪物、是叛逆、是精神病，当我要结婚的时候，父母都反对，他们说，如果我嫁给那个浑球，他们就和我断绝关系，我说恋爱自由，婚姻自主，我嫁定了浑球。结婚后，父母又都接受了那个浑球，而且颇为喜欢他。等我要离婚的时候，他们又说，如果我和这个优秀青年离婚，他们就和我断绝关系。我说我和这个优秀青年生活在一起，等于慢性自杀，于是，我离了婚。所以，父母和我断绝了两次关系。我不懂……"她颦眉深思，"到底是我有问题，还是父母有问题？而且，我到现在也没闹清楚，我那个丈夫，到底是浑球，还是优秀青年！"

他再一次失笑。

"你的故事都很特别。"他说。

"真特别吗？"她问，深沉地看着他，"你不觉得，这就是人类的故事吗？人有两种，一种随波逐流，平平稳稳地活下去就够了，于是，他是正常的，正常的婚姻、正常的职业、正常的生活、正常的老、正常的死。另一种人，是命运的挑战者，永远和自己的命运作对，追求灵魂深处的真与美，于是，他就一切反常，爱的时候爱得要死，不爱的时候不肯装模作样，他忠于自己，而成了与众不同。"她顿了顿，眼睛闪着光，盯着他："你是第一种人，我是第二种。可是，第一种人并不是真正幸福的人！"

他一震，蹙起眉头，他迎视着她的目光，这是怎样的一个女人，她已经看穿了他，一直看进他灵魂深处里去了。深吸了一口气，他说："你或许对，但是，第二种人，也并不是真正幸福的人！"

她愣了愣，惊愕而感动。

"是的，"她低声地说，"你很对。我们谁都不知道，人类真正的幸福在什么地方，也都不知道，哪一种人是真正幸福的。因为，心灵的空虚——好像是永无止境的。"她忽然跳了起来，把长发往脑后用力一甩，大声说："天知道，我怎么会和你谈了这么多，我要走了！"

"慢一点！"他喊，"留下你的住址、电话，还有，你的画——你还没有标价。"

"我的画，"她怔了片刻，"它们对我而言，都是无价之宝，既然成了商品，随你标价吧！"她飘然欲去。

"慢一点，你的地址呢？"

她停住，留下了住址和电话。

"卖掉了，马上通知我，"她微笑着说，"卖不掉，让它挂着，如果结蜘蛛网了，我会自动把它搬回去的！"她又转身欲去。

"慢一点。"他再喊。

"怎么？还有什么手续要办吗？"她问。

"是的，"他咬咬嘴唇，"我要开收据给你！"

"免了吧！"她潇洒地一转身，"完全不需要，我信任你！"

"慢一点。"他又喊。

她站着，深思地看着他。

"我能不能——"他嗫嚅着，"请你吃晚饭？"

她望了他好一会儿，然后，她折回来，坐回沙发上。

"牛排？"她扬着眉问，"小统一的牛排，我闻名已久，只是吃不起。"

"牛排！"他热烈地笑着，"小统一的牛排，我马上打电话订位。在吃牛排以前，你应该享受一下云涛著名的咖啡。"

她微笑着，深靠进沙发里。窗外的暮色已经很浓很浓了，是一个美好的、春天的黄昏。

这天早上，"云涛"刚刚卷起了铁栅，开始营业，就有一个少女直冲了进来。云涛早上的生意一向清淡，九点半钟开门，常常到十点多钟才有两三个客人，因此，这少女的出现是颇引人注目的。子健正在一个角落的卡座上念他的"心理学"。一早跑到云涛来念书是他最近的习惯，躲开母亲善意的唠叨，躲开张妈那份过分的"营养早餐"。而安闲地坐在云涛里，喝一杯咖啡，吃两个煎蛋和一片吐司，够了。清晨的云涛静谧而清幽，即使不看书，坐在那儿沉思都是好的。他佩服父亲有这种灵感，来开设"云涛"。父亲不是个平凡的商人，正像他不是个平凡的父亲一样。他沉坐在那儿，研究着人类"心理"的奥秘，这少女的出现打断了他的阅读及沉思。

一件红色的紧身毛衣，裹着一个纤小而成熟的身子。一条黑色的、短短的迷你裙，露出两条修长的腿，宽腰带拦腰而系，腰带是红橙黄绿蓝靛紫各色都有，系在那儿像一条彩虹，使那小小的腰肢显得更加不盈一握。脚上，一双红色的长筒靴，两边饰着一排亮扣子。说不出的洒脱，说不出的青春，她直冲进来，眼光四面八方地巡视着。子健情不自已，一声口哨就冲口而出，那女孩迅速地掉头望着他，子健一阵发昏，只觉得两道如电炬、如火焰般的眼光，对他直射过来，看得他心中怦然乱跳。那女孩撇了撇嘴，不屑地把头转向一边，自言自语地说："小太保！"

小太保？子健心里的反感一下子冒了起来，生平还没被人骂过是小太保，今天算开了张了。小太保！他瞪着那女孩，看她那身打扮，那份目中无人的样子，她才是个小太妹呢！于是，他用手托着下巴，立即接了一句："小太妹！"

那女孩一愣，立刻，她像阵旋风般卷到他的面前，在他桌前一站，她大声说："你在骂谁？"

"你在骂谁？"他反问。

"我自言自语，关你什么事？"她挑着眉，瞪着眼，小鼻头翘翘的，小嘴巴也翘翘的。天哪，原来一个漂亮的女孩子，连生起气来都是美丽的。子健不自禁地软化在她那澄澈的眼光下，他微笑了起来。

"我也是自言自语呀！怎么，只许你自言自语，不许我自言自语？"

她瞪着他，然后，她紧绷着的脸就有些绷不住了，接着，她的神情一松，扑哧一声就笑了起来，她这一笑，像是一阵春风掠过，像朝阳初射的那第一道光芒，明亮、和煦，而动人。子健按捺不住，也跟着笑了起来。友谊，在年轻人之间，似乎是极容易建立的。女孩笑完了，打量着他，说："我叫戴晓妍，你呢？"

他拿起桌上的一张纸，写下自己的名字"贺子健"，推到她的面前，微笑地说："戴小研？大小的小？研究的研？你父母一定希望你做一个小研究家。"

"胡说！"她坐下来，提起笔，也写下自己的名字"戴晓妍"，推到他的面前。他注视着那名字，说："清晓最妍丽的颜色，你是一朵早上的花！"

"算了，算了，算了！"她一迭连声地说，"什么早上的花，麻死了！我是早晨天空的颜色，如果你看过早晨天空的颜色的话，你就知道为什么用这个妍字了。"

"太阳出来之前？"他问，"天空的颜色会像你那条腰带，五颜六色，而且灿烂夺目。"

"你很会说话。"她伸手取过他正看着的书，对封面望了望，她翻了翻白眼，"天！普通心理学！你准是T大的，只有T大的学生，又骄傲，又调皮，偏又爱念书！"她扬起眉毛："T大心理系，对吗？"

"错了！"他说，"T大经济系！"

"学经济？"她把眼睛眉毛都挤到一堆去了，"那么，你看心理学干吗？"

"小研一下。"他说。

"什么？"她问，"你叫我的名字干吗？"

"我没叫你的名字，我说我在小小地研究一下。"

"哼！"她打鼻子里哼了一声，斜睨着他，"标准的T大型，就会卖弄小聪明。"

"大聪明。"他说。

"什么？"

"我说我有大聪明，还来不及卖弄呢！"他笑着说，伸手叫来服务小姐，"戴晓妍，我请你喝杯咖啡，不反对吧？"

"反对！"她很快地说，"我自己请我自己。"她翻弄着手中的一本册子，子健这才发现她手里拿着一本琴谱。她翻了半天琴谱，好不容易从中间找出一张十元的钞票，她有些犹疑地说："喂，贺子健，你知不知道这儿的咖啡是多少钱一杯呀？我这十块钱还要派别的用场呢，算了！"她跳起来，"我不喝了！就顾着和你胡说八道，连正事都没有办，我又不是来喝咖啡的！"

"那么，你是来做什么的？"

"我来看画的，这儿是画廊，不是吗？"她四面张望，忽然欢呼了一声，"是了！在这儿！"她直奔向墙边去。对墙上的一排画仔细地观赏着。子健相当的诧异，站起身来，他跟过去，发现戴晓妍正仰着头，满脸绽放着光彩，对那些画发痴一般地注视着。她眼睛里那种崇拜的、热烈的光芒使他不自禁地也去看那些画，原来那是昨天才挂上去，一个名叫"雨秋"的新画家的画。

"怎么？"子健不解地说，"你喜欢这些画？"

"喜欢？"戴晓妍深抽了一口气，夸张地喊，"岂止是喜欢！我崇拜它们！"她望着画下的标价纸。"五千元！"她用手小心地摸摸那标签，又摸摸那画框，低声地说，"不知道有没有人买。"

"不知道。"子健摇摇头，"这些画是新挂上去的。还不晓得反应呢!"

晓妍看了他一眼。

"你对这儿很熟悉啊!"她说,"你又吃了那么多东西,在这种地方吃东西!"她摇摇头,咂咂嘴:"你一定是有钱人家的纨绔子弟!"

子健皱皱眉头,一时间,颇有点儿不是滋味和啼笑皆非。

他不知道该不该向这个新认识的女孩解释自己和"云涛"的关系。可是,晓妍已经不再对这问题发生兴趣,她全副精神又都集中到画上去了,她一张一张地看那些画,直到把雨秋的画都看完了,她才深深地、赞叹地、近乎感动地叹出一口气来。看她对艺术如此狂热,子健推荐地说:"这半边还有别的画家的画,我陪你慢慢地看吧!"

"别的画家!"晓妍瞪大眼睛,"谁要看别的画家的画?那些画怎能和这些画相比!"

"怎么?"子健是更糊涂了,他仔细地看看雨秋的画,难道这个雨秋已经如此出名了?怪不得父亲一下子挂出一整排她的画,倒像是在开个人画展一般。"我觉得别的画家也有好画,你如果爱艺术,不应该这样迷信个人。"他坦白地说。

"管他应该不应该!"晓妍的眉毛抬得好高,"别的画家又不是我的姨妈!""什么?"子健喊了一句,瞪大了眼睛,"原来……原来这个雨秋是你的姨妈?""是呀!"晓妍天真地仰着头,望着他,眼睛里闪烁着骄傲的光彩,"我姨妈会成为世界上最伟大的画家,你信吗?"她注视他,慢慢地摇摇头:"我知道你不信,可是……即使她成不了世界上最伟大的画家……"

"她也一定是世界上最伟大的姨妈！"子健接口说。

"哈哈！"晓妍开心地笑了起来，"你这个T大的纨绔子弟似乎已经把心理学读通了！"

子健对她微笑了一下，实在不知道这句话对他是赞美还是讽刺。可是，晓妍的笑容那样动人，眼光那样清澈，浑身带着那样不可抗拒的少女青春气息，竟使他迷惑了起来。在T大，女同学多得很，美丽的也不在少数，他却从没有像现在这样动心过。事实上，这个晓妍并不能算什么绝世美人，只是，她浑身都是"劲儿"，满脸都是表情，而又丝毫都不做作。

对了，他发现了，她有那么一股"真"与"纯"，又有那么一股"调皮"和"狂热"，她是个具有强烈的影响力的女孩！

"云涛"的客人慢慢上座了。小李煮的咖啡好香好香，整个空气里都弥漫着咖啡香，以及西点、蛋糕的香味，晓妍深深地吸了吸鼻子，忽然说："贺子健，我想你从没缺过钱用吧？"

"哦？"子健看着她，那小妮子眼珠乱转，他不知道她有什么花招，"是的，没缺过。"

"那么——"她伸舌尖润了润嘴唇，"我记得，刚刚你想请我喝咖啡。"

哦，原来如此。子健的眼珠也转了转。

"是的，可是已经被人拒绝了。"他说。

晓妍满不在乎地耸耸肩。

"现在，我可以接受它了。因为——"她望着他，那眼光又坦率又真诚，"这香味太诱惑我了，我生平就无法抵制食物的诱惑，我姨妈说，这准是受她的影响，她也是这样的。我接受了你的咖啡，而且，如果你请得起的话，再来一块蛋糕更好。因为——我还没有吃早饭。"

子健笑了，他不能不笑，晓妍那种认真的样子，那坦白的供认，和那股已经垂涎欲滴的样子都让他想笑，而最使他发笑的，是她把这项"吃"的本能，也归之于姨妈的影响，那个雨秋，是人？还是神？他的笑使晓妍不安了，她蹙起了眉头。

"你笑什么？"她问，"我接受你请客，只因为觉得和你一见如故，并不是我不害羞，随便肯接受男孩子的请客，不信你问我姨妈……哦，对了，你不认得我姨妈。不行，"她拼命摇头，"你一定要认识我姨妈，她是世界上最最可爱的女人！"

"绝不是最最可爱的！"他说。

"你不知道……"

"我知道！"他笑着，"最最可爱的已经在我面前了，她顶多只能排第二！"晓妍又扑哧一声笑了。

"不要给我乱戴高帽子，"她笑着说，"因为……"

"因为你不喜欢这一套！"他又接了口。

"哈哈！"她大笑，"你错了。因为我会把所有的高帽子都照单全收！我是最虚荣的。"

子健惊奇地望着她，不信任似的摇头微笑。

"你是我所遇到的最坦白的女孩子！"他说，"来吧，戴晓妍，你不该不吃早餐到处跑！"

他们折回到座位上。子健招手叫来了一位服务员小姐，低低地吩咐了几句话，片刻之后，一杯滚热的咖啡送了过来，同时，一个托盘里，放了四五块精致的西点和蛋糕，花样之别致，香味之扑鼻，使晓妍瞪大了眼睛。

"怎么这么多？"她问。

"每种一块，这都是云涛著名的点心，栗子蛋糕、草莓派、杏仁卷、椰子酥、核桃枣泥糕，你每样都该尝尝，吃不完，我帮你吃！"他用小刀把每块一切为二，"每块吃一半，成了吧！"

晓妍把身子俯近他，悄声问："贵不贵？"

他失笑了。

"反正已经叫了，你别管价钱好吗？"他说，真挚地看着她，"这是我第一次请你吃东西，你别客气，下一次，我只请你吃牛肉面！"

"唔——"晓妍含了一口蛋糕，立刻口齿不清地嚷了起来，"我最爱吃牛肉面，还有牛肉细粉，加一点辣椒，四川话叫作——"她用四川话说，"轻红！"

她的活泼、她的娇媚、她的妙语连珠、她的笑靥迎人，子健是真的眩惑了。抓住了机会，他说："明天晚上，我请你去吃牛肉面！"

"哦——"她沉吟了一下，"明天不行，我要陪我姨妈去办事，这样吧——"她考虑了一会儿，"后天晚上，怎么样？"

"一言为定！"他说，"你住什么地方？我去接你！"他把刚刚他们互写名字的纸条推到她面前："给我你的地址和电话。"

她衔着蛋糕，不假思索地写下了地址和电话。

"这是我姨妈的家，我跟我姨妈一起住。"她说，"这样吧，后天晚上六点钟，我们在云涛见面，好不好？反正我会到这儿来——我要看看我姨妈的画有没有人买！"

"你很关心你姨妈？"他问，"你怎么住在姨妈家？你父母呢？"

她的脸色一下子沉了下去。

"贺子健！"她板着脸说，"我并没有调查你的家庭，对不对？请你也不要查我的户口！"

"好吧！"子健瞪着她。后悔问了这一句，她准有难言之隐，可能是个孤儿。于是，他赔笑地说："别板脸，行不行？"

"我就是这样子，"她边吃边说，"我要笑就笑，要哭就哭，要生气就生气，我妈说，都是姨妈带坏了我！"

"哦，"他不假思索地说，"原来你有妈。"

"什么话！"晓妍直问到他脸上来，"我没妈，我是石头里变出来的呀！我又不是孙猴子！"

"噢，又说错了！"子健失笑地说，"当然你有妈，我道歉。"

"不用道歉。"她又嫣然而笑，"其实……"她侧着头想了想，忽然笑不可抑。"真的，我可能是石头里变出来的，我妈的思想，就和石头一样，走也走不通，搬也搬不动，一块好大好大的石头！我爸爸，哈！"她更笑得喘不过气来了，"他更妙了，他根本是一座石山！"

从没有听人这样批评自己的父母，而且，态度又那样轻浮。子健蹙蹙眉，心中微微漾起一阵反感，对父母，无论如何应该保持一份尊敬。他的蹙眉并没有逃过晓妍的注意，她收住了笑，脸色逐渐地沉重了起来。推开盘子，她垂下了眼睑，用手指拨弄着桌上的菜单，好半天，她一语不发。子健觉得有点不对劲，他不解地问："怎么了？"

晓妍很快地抬起眼睛来看了他一眼，她眼中竟蓄满了泪水，而且已盈盈欲坠。这使子健大吃一惊，他慌忙拿了一块干净的餐巾递给她，急急地说："怎么了？怎么了？不是谈得好好的吗？你——"他手足无措，不知该怎么办才好，如果他曾经交过女朋友，他或者知道该如何应付，偏偏他从没和女孩子深交过。而且，即使交往过几个女孩，也没有一个像她这样，第一次见面，就说哭就哭、说笑就笑的。他不知所措，心慌意乱了。"你别哭，好吗？"他求饶似的说，"如果是我说错了话，请你原谅，但是别哭，好吗？"

她用餐巾蒙住了脸，一语不发，他只看到她肩头微微地耸动。片刻，她把餐巾放下来，面颊是湿润的，眼睛里泪光犹存。可是，她唇边已恢复了笑容，不再是刚刚那种喜悦的笑，而是一个无可奈何的、可怜兮兮的笑。

"别理我，"她轻声说，"我是有一点儿疯的，马上我就没事了。"她抬眼凝视他，那眼光在一瞬间变得好深沉、好难测。

她在仔细地研究他。"你一定是个好青年，"她说，"孝顺父母，努力念书，用功、向上、不乱交朋友，你一定是个模范生。"

她叹口气，站起身来："我要走了。后天，我也不来了。"

"喂！戴晓妍！"他着急地喊，"为什么？我们不是已经认识了，是朋友了吗？你答应了的约会，怎能出尔反尔？"

她对他默默地摇摇头。

"和我交朋友是件危险的事，"她说，"我会把你带坏，我不愿意影响你。而且，我不习惯和模范生做朋友，因为我又疯又野，又不懂规矩。"

"我不是模范生，"他急急地说，自己也不了解为什么那样急迫，"我也不认为和你交朋友有什么危险，你又善良又真纯，又率直又坦白，你是我认识过的女孩子里最可爱的一个！"

他冲口而出地说了一大串。

她盯着他，眼睛里闪着光。

"你真的认为我这么好？"她问。

"完全真的。"他急促地说。

她的脸发亮。

"所以，我更不能来了。"

"怎么？"

"我要保留我给你的这份好印象。"她说，抓起自己的琴谱，转身就向外走。"喂喂，戴晓妍！"他喊，追了过去，客人都转头望着他们，服务小姐们也都在悄悄议论和发笑了，他顾不得这些，一直追到大门口，她已经走到街对面了，她的脚步可真快，他对着街对面喊："不管你来不来，我反正在这儿等你!"

她头也没有回,那纤小的影子,很快地消失在街道的转角处了。

画纸上是一个长发披肩,双目含愁的女人,消瘦,略带苍白,绿色是整个画面的主调,绿色的头发、绿色的眼睛、绿色的脸庞、绿色的毛衣,一片绿。这是一个带着几分忧郁、几分惆怅、几分温柔,又几分落寞的绿色女郎。唯一打破这片绿的,是在那女人手中,握着一枝细茎的、柔弱的、可怜兮兮的小雏菊,那菊花是黄色的。雨秋握着画笔,对那画纸仔细凝视,再抬头看看旁边桌上的一面大镜子,她对着镜中的自己微笑,又对着画纸上的自己皱眉,然后,提起笔来,她蘸了一笔浓浓的绿色颜料,在画纸右上方的空白处,打破西画传统地题了两句话:"莫道不销魂,帘卷西风,人比黄花瘦。"

题完了,她又在画的左下方题上:"雨秋自画像,戏绘于一九七一年春"。画完了,她丢下画笔,伸了一个懒腰,画了一整天的画,到现在才觉得累。看看窗外,暮色很浓了。她走到墙角,打开了一盏低垂的、有彩色灯罩的吊灯。拉起了窗纱,她斜倚在沙发中,对那幅水彩画开始出神地凝思。

第二章

电话铃蓦然地响了起来，今天，电话铃一直响个不停，她伸手接过话筒。

"喂！"她说，"哪一位？"

"对不起！我找戴晓妍听电话！"又是那年轻的男孩子，他起码打了十个电话来找晓妍了。

"哦，晓妍还没回家呢！你过一会儿再打来好吗？"她温柔地说。

"噢！好的！"那男孩有点犹豫，雨秋正想挂断电话，那男孩忽然急急地开了口："喂喂，请问你是晓妍的姨妈吗？"

"是呀！"她有些惊奇，"你是哪一位？"

"请您转告晓妍，"那男孩坚定地说，"我是那个 T 大的小太保，告诉她，别想逃避我，因为她逃不掉的！"电话挂断了。

雨秋拿着听筒，对那听筒扬了扬眉毛，然后挂上了电话。

T大的小太保！应该很合晓妍的胃口，不是吗？一整天，她听这个声音的电话几乎都听熟了，偏偏晓妍一早就出去了，到现在还没回来。她看看手表，六点半，应该弄点东西吃了，这么一想，她才觉得肚子里一阵叽里咕噜地乱叫，怎会饿成这样子？是了，从中午就没吃东西，不，是从早上就没吃东西，因为中午才起床。最后一餐是昨晚吃的，怎能不饿？她跳起来，走到冰箱旁边，看看能弄些什么吃吧！打开冰箱，她就愣住了，除了那股扑面而来的冷气之外，冰箱里空无一物，连个菜叶子都没有！她摇摇头，把冰箱关上，几天没买菜了？谁知道呢？

大门在响，钥匙声，关门声，是晓妍回来了。

"姨妈！姨妈！你在家吗？"

人没进来，声音已在玄关处扬了起来。

"在呀！"她喊，"干吗？"

晓妍"跳"了进来，她是很少用"走"的。她手里抱着一大包东西，雨秋惊奇地问："是什么？"

晓妍把纸包往桌上一放，打开来，她取出一条吐司面包、一瓶果酱、一包牛油和一袋鸡蛋，还有一小包切好片的洋火腿。她笑着，得意地看着雨秋。

"我们来做三明治吃！"她说，"家里什么吃的都没有了，如果我不买回来，你画画出了神，准会饿死！"

"你怎么知道家里什么吃的都没有了？而且，你从什么地方弄来的钱？"雨秋笑着问。

"我早上起床的时候，你还在睡觉，"晓妍笑嘻嘻的，"是我把冰箱里最后的一瓶牛奶和半包苏打饼干都吃掉了，我当然知道家里没东西吃了！至于钱嘛，我翻你的每一件衣服口袋，发现你或多或少都有一些零钱在口袋里，这样，我居然收集了五十多块钱。有了这种意外之财，我们岂不该好好享受一番？所以呀，我就买了一大堆东西回来了。"

"好极了。"雨秋拿起一片面包，先往嘴里塞，晓妍一把按住面包说："不行不行，等我摊好蛋皮，抹了牛油，夹了火腿再吃，否则你破坏了我的计划！"

"好！你还有计划！"雨秋笑着，拿起鸡蛋来，"我来做蛋皮吧，你别把手烫了。"

"好姨妈，"晓妍用手按着她，"你烫手的次数比我多得多，你别说嘴了！""可是，"雨秋忍不住笑，"你会偷吃，你一面做一面吃，等你把蛋皮做完，你也把它吃完了。"

"哎呀，"晓妍用手掠了掠满头乱糟糟的短发，"叫我不偷吃，那我是做不到的！"

"所以，还是我来做吧！"雨秋满屋子乱绕，"我的围裙呢？"

"被我当抹布用掉了。"

雨秋扑哧一笑。

"晓妍，我们两个这样子过日子啊，总有一天，家都被我们拆光了。不过……"她在沙发上坐下来，抱着膝，突然出起神来，"没关系，晓妍，你不要怕，我们没钱用，现在苦一点，将来总有出头之日。等我赚了钱，第一件事就是给你买一套漂亮衣服，你心心念念的那套钉亮扣子的牛仔衣，然后，如果我赚了大钱，我就给你买一架电子琴。哦！对了，你今天去学琴了吗？"

"去了，老师夸我呢，她说我很有才气，而且，她说，学费晚一个月缴没关系。"

"你去告诉你老师，等我赚了钱……"

雨秋的话没说完，电话铃又响了。雨秋忽然想起那个男孩来，她指着晓妍："你的电话，你去接，一个T大的小太保，打了几百个电话来，他要我转告你，他不会放过你！"

晓妍的脸色倏然变白了，她猛烈地摇头：

"不不，姨妈，你去接，你告诉他，我不在家！"

"不行！"雨秋摇头，"我不能骗人家，你有难题，你自己去应付，如果要不理人家，为什么要留电话号码给人家呢？"

"我留电话号码给他的时候，是准备和他做朋友的！"晓妍焦灼地解释。

"那么，有什么理由要不和他做朋友呢？因为他是一个小太保吗？"

"不是！就因为他不是小太保！"晓妍急得跺脚，"姨妈，你不知道……"她求救似的看着雨秋，那铃声仍然在不断地响着。"他是T大的，他是个好学生。"雨秋紧盯着晓妍，"那么，你更该和他做朋友了！"

"姨妈！"晓妍哀声喊，祈求地望着雨秋，低声说，"你明知道我……"

"我知道你是世界上最好的女孩子！"雨秋大声地、坚决地、斩钉截铁地说。"我不是！我不是！"晓妍拼命摇头，泪水蒙上了眼睛。

"姨妈，我不是！我不是好女孩……"

电话铃停止了。晓妍也愕然地住了口。一时间，室内显得好静好静，晓妍睁着她那对黑白分明的大眼睛，瞪视着雨秋。雨秋也静静地瞅着她，半晌，雨秋把手臂张开，那孩子立即投进了雨秋的怀里。她们两个差不多一样高，晓妍把头埋进了雨秋肩上的长发里，紧紧地闭上了眼睛。雨秋用手抚摸着她的背脊，在她耳边，温柔地、低声地、一个字一个字地说："晓妍，你美丽，你纯真，你是一个好女孩！你一定要相信这一点，要认识你自己，过去的事早已过去了，别让那个阴影永远存在你心里，你是个好女孩！晓妍，记住！你是个好女孩！"

"姨妈，"晓妍轻声说，"世界上只有你一个人这样认为的！"

"胡说！"雨秋抚摸她的头发，"你是个人见人爱的女孩子。"

"只是外表。"

"内心更好！"

晓妍抬起头来，不信任地望着雨秋。雨秋的眼光充满了坚定的信赖与热烈的宠爱，因此，那孩子的面色渐渐地开朗了。她扬了扬眉，询问的。雨秋眨了眨眼睛，答复的。她摇了摇头，怀疑的。雨秋点了点头，坚定的。于是，晓妍笑了。

"姨妈，"她说，"你才是世界上最好的人！"

"可能也只有你这样认为哦！"雨秋故意地说，"在一般人心目中，我好吗？就拿你母亲来说吧，她是我的亲姐姐，告诉我，她怎么说我的？"

"疯狂、任性、不负责任、胡闹、倔强、自掘坟墓！……"晓妍一连串地背下去。

"够了，够了，"雨秋笑着阻止她，"你瞧，晓妍，我们只能让了解我们的人喜欢我们，对不对？那些不了解我们的人，我们也不必苛求他们。最重要的，是我们要认清楚自己的分量，不要受外界的左右。懂吗？"

晓妍点点头。

电话铃再一次响了起来。这回，雨秋只对晓妍看了一眼，晓妍就乖乖地走到电话机旁边，伸手拿起了听筒。雨秋不想听他们的谈话内容，就乘机拿起桌上的鸡蛋，走到厨房里去，刚刚把蛋放下来，就听到晓妍那如释重负的、轻快的声音，高高地扬起来："秦——雨——秋——小——姐——电——话！"

雨秋折回到客厅里来，晓妍满脸的笑，用手盖在话筒上，她对雨秋说："男人打来的，准是你的男朋友！"

雨秋瞪了晓妍一眼，接过听筒。

"喂？哪一位？"她问。

"秦——雨秋？"对方有些犹豫地问。

"是的，我就是。"

"我是贺俊之。刚刚怎么没人接电话？"

"哦，贺先生。"她笑应着，"不知道是你。"

听到了一个"贺"字，晓妍惊觉地回过头来看着雨秋，雨秋丝毫没注意到晓妍的表情，她正倾听着对方充满了愉快和喜悦的声音。

"我必须恭喜你，秦小姐，你已经卖掉了两张画，一张是《浪花》，另一张是《路》。"

"真的？"她惊喜交集，"居然有人要它们！"

"你吃过晚饭吗？"贺俊之问。

"还没有。"

"是不是值得出来庆祝一下？"贺俊之说，似乎怕她拒绝，他很快地又加了一句，"你有一万元的进账，你应该请我吃饭，对不对？"

"哈！"她笑着，"看样子我非出来不可！"

"我马上来接你！"

"不用了，"她说，"你在云涛吗？"

"是的。"

"我过来吧！我也想看看那些画，而且，我很怀念云涛的咖啡！"

"那么，我等你，尽快！"

挂断了电话，她欢呼了一声，回过身子来，她一把抓住晓妍的肩膀，一阵乱摇乱晃，她喊着说："晓妍，你姨妈发财了！一万元！你知道一万元有多少吗？它相当于一本书的厚度！晓妍，你知道吗？你姨妈是一个画家！她的画才挂出来几天，就卖掉了两张！以这样的进展，十张画一个月就卖光了！好了，晓妍，你的电子琴有希望了，还有那套亮扣子的牛仔衣……"她忽然住了口，歉然地看着晓妍，"哎呀，我忘了，我们要吃三明治的，这一下，我又破坏了你的计划了……"

"姨妈！"晓妍的脸孔发光，眼睛发亮，她大吼着说，"去他的三明治！你该去喝香槟酒！假若你不是陪男朋友出去，我就要跟你去了。"

"说真的，"雨秋的眼珠转了转，"你就跟我一起去吧！"

"算了，我才不做电灯泡呢！"晓妍笑着说，"你尽管去吧！我帮你看家！不过……"她顿了顿，忽然怀疑地问，"姨妈，姓贺的人很多吗？"

"哦，"雨秋不解地说，"怎么？"

晓妍摇摇头。

"没有什么，"她推着雨秋，"快去快去！别让男朋友等你！"

"小鬼头！"雨秋笑骂着，"不要左一句男朋友，右一句男朋友的，那人并不是我的男朋友！"

"哦？"晓妍的眼珠乱转，"原来那是一个女人！这女人的声音未免太粗了！"

雨秋用手里的手提包在晓妍的屁股上重重地挥了一下，骂了一句"小坏蛋"。然后，她停在刚刚完成的那张自画像前面，对那画像颦眉凝视，低低地说："明天，我要重画一个你！"

她往门口走去，刚走到玄关，门铃响了，是谁？她可不希望这时间来客！她伸手打开门，出乎意外的，门外竟是一个陌生的年轻男人！他站在那儿，高高的身材，穿着件咖啡色的绒外套，黑衬衫，黑长裤，敞着衣领，很挺拔、很潇洒、很年轻。浓浓的眉，乌黑的眼珠，挺直的鼻梁，很男性、很帅、很有味道。她心中暗暗喝彩，一面问："找谁？"

"戴晓妍。"他简短地回答。

哦！雨秋打量着他。

"T大的？"她问。

"T大的。"他回答。

"小太保？"她问。

"小太保。"他回答。

"很好，"她说，"你进去，里面有个女孩子，她计划要吃三明治，她的姨妈必须出去，不能陪她，你正好和她一起吃三明治，只是，她做蛋皮的时候，你最好站在厨房里监视她，她很好吃——这是她姨妈的影响——""姨妈！"一个声音打断了雨秋的话头，她回过头去，晓妍不知何时已站在那儿，斜靠在墙上，眼睛望着那个男孩子。

雨秋耸了耸肩，让开身子，她对那"小太保"说："你不进去，站在门口干吗？"

"谢谢你，姨妈，"那男孩子微笑了起来，很礼貌、很机灵、很文雅，"我除了小太保以外，还有另外一个名字，我叫贺子健。"

贺子健？怎么？姓贺的人很多吗？雨秋有些愕然，可是，没时间给她去研究这问题了，子健已经走进了玄关。雨秋出了门，把房门关上，把那两个年轻人关进了房里。好了，最起码，晓妍不会过一个寂寞的晚上了。T大的？小太保？贺子健？她摇摇头，有点迷糊，有点清楚，那张年轻的脸，似曾相识，贺子健，姓贺的人很多吗？晓妍在哪儿认识他的？但是，管他呢？一个好学生，晓妍说的，他能唤起晓妍的自卑感，应该也可以治好晓妍的自卑感。让他们去吧！不会有任何问题的，她甩甩头，走下了公寓的楼梯。

这儿，晓妍仍然靠在墙上，斜睨着子健。

"谁许你来的？"她冷冷地问。

"不许我来，就不该留地址给我。"他说。

"哼！"她哼了一声，"我说过不要理你！"

"那么，你就不要理我吧！"他说，径自走进客厅，他四面打量着，然后，目光落在那幅画像上，"没想到你姨妈这样年轻，这样漂亮，又这样善解人意。本来，我以为我要面对一个母夜叉型的丑老太婆。"

"胡说八道！"晓妍嚷，"我姨妈是天下最可爱的人，怎么会是母夜叉型的丑老太婆？"

子健倏然回过头去，眼睛奕奕有神。

"你不是不理我吗？"他笑嘻嘻地问。

"哼！"晓妍发现上了当，就更重地哼了一声，嘴里又叽里咕噜地、自言自语地说了一大串不知道什么话，就赌气跑到墙角的一张沙发上去坐着。用手托着下巴，眼睛向上翻，望着天花板发愣。

子健看了她一眼，也不再去理她。他四面张望，这房子实在小得可怜，一目了然的格局，整个大概不到六十六平方米的面积，里面是卧房，客厅已经兼了画室和餐厅两项用途。但是，毕竟是个艺术家的家，虽然小，却布置得十分雅致，简单的沙发，屋角垂下的彩色吊灯，灯下是张小巧玲珑的玻璃茶几，室内所有的桌子都是玻璃的，连餐桌也是张圆形的玻璃桌，四周放着几把白色镂花的靠背椅。由于白色和玻璃的透明感，房间就显得相当宽敞。子健打量完了屋子，走到餐桌边，他发现了那些食物。

"哦，"他自言自语地说，"我饿得吃得下一只牛！"

晓妍悄眼看了看他，又去望天花板。

子健自顾自地满屋散步，一会儿，他就走进了厨房里。立刻，他大叫了起来："哈，有鸡蛋，我来炒鸡蛋吃！"

晓妍侧耳倾听。什么？他真的打起蛋来了，男孩子会炒什么蛋？而且，她是要摊了蛋皮做三明治的！她跳了起来，冲进厨房，大声叫："你敢动那些鸡蛋！"

"别小气，"子健冲着她笑，"我快饿死了！"

"什么？"她大叫，"你把蛋都打了吗？"

"别嚷别嚷，"子健说，"我知道你要做蛋皮，我也会做，读中学的时候，我是童子军队长，每次烹饪比赛，我这组都得第一名！"

"骗人！"晓妍不信任地看着他，"凭你这个纨绔子弟，还会烧饭？"

"你试试看吧！"他找着火柴，燃起了煤气炉，把菜锅放上去，倒了油，趁油没有烧热的时间，他捣蛋，放盐，再用锅铲把油往全锅一铺满，把蛋倒进去一点点，拎起锅柄一阵旋绕，一块蛋皮已整整齐齐地铺在锅中。他再用锅铲把蛋翻了一面，稍烘片刻，就拿了起来，盛在盘子中。再去放油，捣蛋，旋锅……晓妍瞪大眼睛，看得眼花缭乱。只一会儿，一盘蛋皮已经做好了。子健熄了火，收了锅，丢了蛋壳，收拾妥当，晓妍还在那儿瞪着眼睛发愣。子健也不管她，就把蛋端到餐桌上，自顾自地拿面包、抹牛油、夹火腿、夹蛋，接着就不住口地在说："唔，唔，唔，美味！美味！"

晓妍追进客厅里来。

"你管不管我呀？"她气势汹汹地问，瞪着那三明治，一连咽了好几口口水。"不是我不管你，是你不理我。"子健微笑着说，把一块夹好了的三明治送到她面前。她伸手去接，他却迅速地用另一只手握住了她的手，他的眼睛深沉地盯着她："到底我什么地方得罪了你，能不能告诉我？"

她望着他，那样明亮的眼睛、那样诚恳的神情、那样真挚的语气……她悄然地垂下眼睑，我完了！她心里迅速地想着。一种畏怯的、要退缩的情绪紧抓住了她。她入定一般地站在那儿，不动也不说话。

他低叹了一声，放开了她的手。

"我并不可怕，晓妍，我也不见得很可恶吧？"

她悄悄地看了他一眼，他那样温和，那样亲切。她的畏怯消失了，恐惧飞走了，欢愉的情绪不自禁地布满了她的胸怀，她笑了，大声说："你现在很可恶，等我吃饱了，你就会比较可爱了。"于是，她开始大口大口地吃了起来。

早上，贺俊之坐在早餐桌上，习惯性地对满桌子扫了一眼，又没有子健，这孩子不知道在忙些什么，常常从早到晚不见人影。或者，不能怪孩子，他看多了这类的家庭，父亲的事业越成功，和子女接近的时间越少。往往，这是父亲的过失，如果他不走进儿女的世界里，他就无法了解儿女，许多父母希望儿女走入他们的世界，那根本是苛求，年轻人有太多的梦、有太多的狂想、有太多的热情（中年人应该也有，不是吗？只是，大部分的中年人，都被现实磨损得无光也无热了。要命，这句话是雨秋说的）。年轻人没有耐性来了解父母，他们太忙了。忙于去捕捉、去寻找、去开拓。他注视着雨柔，这孩子最近也很沉默。十九岁的女孩子，应该是天真活泼的啊！不过，雨柔一向就是个安安静静的小姑娘。

"雨柔！"他温和地喊。

"嗯？"雨柔抬起一对迷迷糊糊的眼睛来。

"功课很忙吗？"他纯粹是没话找话讲。

"不太忙。"雨柔简短地回答。

"你那个朋友呢？那个叫——徐——徐什么的？好久没看到他了。"

"徐中豪？"雨柔说，睫毛闪了闪，"早就闹翻了，他是个公子哥儿，我受不了他。"

闹翻了，怪不得这孩子近来好苍白、好沉静。他深思地望着雨柔。还来不及说话，婉琳就开了口："什么？雨柔，你和徐中豪闹翻了吗？你昏了头了！那孩子又漂亮，又懂事，家庭环境又好，和我们家才是门当户对呢……"

"妈，"雨柔微微蹙起眉头，打断了母亲的话，"我和徐中豪从来没有认真过，我们只是同学，只是普通朋友，你不要这么起劲好不好？要不然以后我永远不敢带男同学到我们家里来玩，因为每一个你都要盘问人家的祖宗八代，弄得我难堪！"

"哎呀！"婉琳生气了，"听听！这是你对母亲说话呢！我盘问人家，还不是为了你好。交男朋友，总要交一个正正经经，家世拿得出去的人……"

"妈！"雨柔又打断了母亲的话，"你不要为我这样操心好不好？我还小呢！我还不急着出嫁呢！"

"哟！"婉琳叫着说，"你以为我不知道你，三天两天地换男朋友，你们这一代的孩子，什么道德观念都没有，不急着出嫁，却急着交男朋友，今天换一个，明天换一个，你们以为你们是思想开明，根本就是胡闹！"

"妈妈！"雨柔的脸色发白了，"你对我了解多少？你知不知道，像徐中豪那种人，我们学校里车载斗量，要多少个都有！我如果真交男朋友，绝不是你想象中的人！"

"你要交怎么样的男朋友，你说！你说！"婉琳气呼呼地问。

"说不定是个逃犯！"雨柔低声而稳定地说了出来。

"哎哟！俊之，你听听，你听听！"婉琳涨红了脸，转向俊之，"听听你女儿说些什么？你再不管管她，她说不定会和什么杀人犯私奔了呢！"

"婉琳，"俊之皱着眉，静静地说，"你放心，雨柔绝不会和杀人犯私奔，你少说两句，少管一点。孩子们有他们自己的世界。真和一个逃犯恋爱的话……"他微笑地瞅着雨柔。

"倒是件很刺激的事呢！那逃犯说不定正巧是法网恢恢里的康理查！"

雨柔忍不住笑了出来，那张本来布满乌云的小脸上顿时充满了阳光。她用热烈的眸子回报她父亲的凝视。婉琳却气得发抖："俊之！你护着她！从孩子们小时候起，你就护着他们，把他们惯得无法无天！子健从早到晚不在家，已经等于失踪了，你也不过问……"

"妈！"雨柔插嘴说，"哥哥就是因为你总是唠叨他，他才躲出去的。他并没有失踪，他每天早上都在云涛吃早饭，念书。他最近比较忙一点，因为他新交了一个很可爱的女朋友，他不愿把女朋友带回家来，因为怕你去盘问人家的祖宗八代！现在，我已经把哥哥所有的资料都告诉了你们，他活得很好，很快乐，他自己说，他在最近才发现生命的意义。所以，妈，你最好不要去管他！"

婉琳睁大了眼睛，愕然地望着雨柔。忽然觉得伤感了起来。

"儿子女儿我都管不着了，我还能管什么呢？"

"管爸爸吧！"雨柔说，"根据心理学家的报道，四十几岁的中年男子最容易有外遇！"

"雨柔！"俊之笑叱着，"你信口胡说吧，你妈可会认真的。"

婉琳狐疑地看看雨柔，又悄悄地看看俊之。

"你们父女两个，是不是有什么事在瞒着我呢？"她小心翼翼地问。

俊之跳了起来，不明所以地红了脸。

"我不和你们胡扯了，云涛那儿，还有一大堆工作要做呢，我走了！"

"我也要上学去了。今天十点钟有一节逻辑学的课。"雨柔说，也跳了起来。

"我开车送你去学校吧！"俊之说。

"不用，只要送我到公共汽车站。"雨柔说，冲进屋里去拿了书本。

父女两个走出家门，上了车，俊之发动了马达，两人都如释重负地松了口气。俊之望望雨柔，忍不住相视一笑。车子滑行在热闹的街道上，一路上，两人都很沉默，似乎都在想着什么心事。半晌，俊之看了雨柔一眼："雨柔，有什么事想告诉我吗？"

"是的。"雨柔说，"真有一个康理查。"

俊之的车子差点撞到前面的车上去。

"你说什么？"他问。

"哦，我在开玩笑呢！"雨柔慌忙说。很不安、很苦恼。

"你真怕我有个康理查，是不是？为什么吓成这样子？假若我真有个康理查，你怎么办？接受？还是反对？"她紧盯了父亲一眼，指指街角，"好了，我就在那个转角下车。"

俊之把车开到转角，停下来，他转头望着雨柔。

"不要开玩笑，雨柔，"他深思地说，"是不是真有个神秘人物？"

雨柔下了车，回过头来，她凝视着父亲，终于，她笑了笑：

"算了，爸爸，别胡思乱想吧！无论如何，这世界上根本没有康理查，是不是？好了！爸爸！你快去办你的事吧！"

俊之不解地皱皱眉头，这孩子准有心事！但是，这街角却不是停车谈天的地方，他摇摇头，发动了车子，雨柔却又高声地喊出了下一句："爸爸！离那个女画家远一点，她是个危险人物！"

俊之刚发动了车子，听了这句话，他立即刹住。可是，雨柔已经转身而去。俊之摇摇头，现在的孩子，你再也不能小看他们了。他沉吟地开着车，忽然觉得心里沉甸甸的，像压着一块好大好大的石头。那个女画家！他眼前模糊了起来，玻璃窗外，不再是街道和街车，而是雨秋那对灵慧的、深沉的、充满了无尽的奥秘的眸子。

车子停在云涛的停车场，他神思恍惚地下了车，走进云涛的时候，他依然心神不属。张经理迎了过来：平日，云涛的许多业务，都是张经理在管。他望着张经理，后者笑得很高兴，一定是生意很好！

"贺先生，"张经理笑着说，"您应该通知一下秦小姐，她的画我们可以大量批购，今天一早，就卖出了两张！最近，只有她的画有销路！"

"是吗？"他的精神一振，那份恍惚感全消失了，"我们还有几幅她的画？""只剩三幅。"

"好的，我来办这件事。"

走进了自己的会客室，他迫不及待地拨了雨秋的电话号码，雨柔的警告已经无影无踪，那份曾有过的、一刹那的不安和警觉心也都飞走了。他有理由，有百分之百的理由和雨秋联系，哪一个画廊的主人能不认识画家？

铃响了很久，然后是雨秋睡梦蒙眬的声音："哪一位？"

"雨秋，"他急促地说，"我请你吃午饭！"

对方沉默着。他忽然紧张起来，不不，请不要拒绝，请不要拒绝！他咬住嘴唇，心中陡然翻滚着一股按捺不住的浪潮，在这一瞬间，渴望见到她的念头竟像是他生命中唯一追求的目标。不要拒绝！不要拒绝！他握紧了听筒，手心中沁出了汗珠。

"听着，雨秋，"他迫切地说，"你又卖掉了两张画。"

"我猜到了。"雨秋安静的声音，"每卖掉一次画，你就请我吃一顿饭，是不是？"

哦！他心里一阵紧缩。是的，这是件滑稽的事情，这是个滑稽的借口，而且是很不高明的！他沉默了，抓着那听筒，他不知道该说什么。只觉得自己又笨拙又木讷，今天，今天是怎么了？

"这样吧，"雨秋开了口，"我刚刚从床上爬起来，我中午也很少吃东西，我的外甥女儿和她的男朋友出去玩了，我只有一个人在家里。"她顿了顿："你从没有来过我家，愿不愿意来坐坐？带一点云涛著名的点心来，我们泡两杯好茶，随便谈谈，不是比在饭馆里又吵又闹的好得多？说坦白话，你的目的并不是吃饭吧？"噢！雨秋，雨秋，雨秋！你是天使、你是精灵、你是个古怪的小妖魔，你对人性看得太透彻，没有人能在你面前遁形。他深吸了口气，觉得自己的声音竟不争气地带着点儿颤抖："我马上来！"

半小时后，他置身在雨秋的客厅里了。

雨秋穿着一件印尼布的长袍，胸前下摆都是橘色的、怪异的图案，那长袍又宽又大，还有大大的袖子。她举手投足间，那长袍飘飘荡荡，加上她那长发飘垂、悠然自得的神态，她看来又雅致、又飘逸、又随便……而且，浑身上下，都带着股令人难以抗拒的、浪漫的气息。

她伸手接过了他手里的大纸盒，打开看了看："你大概把云涛整个搬来了。"她笑着说，"坐吧，我家很小，不过很温暖。"

他坐了下去，一眼看到墙上挂着一幅雨秋的自画像，绿色调子，忧郁的，含愁的，若有所思的。上面题着："莫道不销魂，帘卷西风，人比黄花瘦。"

他凝视着那幅画，看呆了。

雨秋倒了一杯热茶过来。

"怎么了？"她问，"你今天有心事？"

他掉转头来望着她，又望了望屋子。

"你经常这样一个人在家里吗？"他问。

"并不，"她说，"我常常不在家，满街乱跑，背着画架出去写生，完全待在家里的时间并不多。但是……"她凝视他，"如果你的意思是问我是不是很寂寞，我可以坦白回答你，是的，我常常寂寞，并不是因为只有一个人，而是因为……"她沉吟了。

"举世滔滔，竟无知音者！"他不自禁地、喃喃地念出两句话，不是为她，而是自己内心深处常念的两句话。是属于"自己"的感触。

她震动了一下，盯着他。

"那么，你也有这种感觉了？"她说，"我想，这是与生俱来的。上帝造人，造得并不公平，有许多人，一辈子不知道什么叫寂寞。他们，活得比我们快乐得多。"

他深深地凝视着她。

"当你寂寞时，你怎么办？"他问。

"画画。"她说，"或者，什么都不做，只是静静地品尝寂寞。许多时候，寂寞是一种无可奈何的感觉。"她忽然扬了一下眉毛，笑了起来。"发神经！"她说，"我们为什么要谈这么严肃的题目？让我告诉你吧，生命本身对人就是一种挑战，寂寞、悲哀、痛苦、空虚……这些感觉是常常会像细菌一样来侵蚀你的，唯一的办法，是和它作战！如果你胜不了它，你就会被它吃掉！那么，"她摊摊手，大袖子在空中掠过一道优美的弧线，"你去悲观吧！消极吧！自杀吧！有什么用呢？没有人会同情你！"

"这就是你的画。"他说。

"什么？"她没听懂。

"你这种思想，就是你的画。"他点点头说，"第一次看你的画，我就被震动过，但是，我不知道为什么被震动。看多了你的画，再接触你的人，我懂了。你一直在灰色里找明朗，在绝望里找生机。你的每幅画，都是对生命的挑战。你不甘于被那些细菌所侵蚀，但是，你也知道这些细菌并非不存在。所以，灰暗的海浪吞噬着一切，朽木中仍然嵌着鲜艳的花朵。你的画，与其说是在画画，不如说是在画思想。"

她坐在他对面的沙发里，她的面颊红润，眼睛里闪着光彩，那对眼睛，像黑暗中的两盏小灯。他瞪视着她，在一种近乎惊悸的情绪中，抓住了她眼底的某种深刻的柔情。

"你说得太多了。"她低语，"我记得，你告诉过我，你不懂得画。"

"我是不懂得画。"他迎视着这目光，"我懂得的是你。"

"完全的吗？"她问。

"不完全的，但是，已经够多。"

"逃避还来得及，"她的声音像耳语，却依然清晰稳定，"我是一个危险的人物！"

他一震，雨柔说过的话。

"我生平没有逃避过什么。"他坚定地说。

她死死地盯着他。

"你是第一种人，我说过的那种，你应该有平静的生活、成功的事业、美满的婚姻。你应该是湖水，平静无波的湖水。"

"如果我是平静无波的湖水，"他哑声说，"你为什么要交给我一张《浪花》呢？"

她摇头。

"明天我可以再交给你一张《湖水》。"她说。

他也摇头：

"老实说，我从来不是湖水，只是暂时无风的海面，巨浪是隐在海底深处的，你来了，风也来了，浪也来了。你再也收不回那张《浪花》，你也变不出《湖水》，你生命里没有湖水，我生命里也没有。"

她盯着他的眼睛，呼吸急促。然后，她跳了起来。

"我们出去吃饭吧!"她仓促地说,"我饿了。"

"我们不出去吃饭,"他说,"你并不饿,如果你饿,可以吃点心。"

"你……"她挣扎着说,"饶了我吧!"

他望着她,然后,他一把握住了她的手。握得紧紧的,握得她发痛。

"你求饶吗?"他问,"你的个性里有'求饶'两个字吗?假若你真认为我的出现很多余,你不要求饶,你只需要命令,命令我走,我会乖乖地走,决不困扰你,但是,你不用求饶,你敢于对你的生命挑战,你怎会对我求饶?所以,你命令我好了!你命令吧!立刻!"

她的眼睛瞪得大大的,里面有惊惶、有犹豫、有挣扎、有苦恼、有怀疑,还有一种令人心碎的柔情。这是世界上最复杂的眼光,在述说着几百种思想。然后,她的睫毛垂了下来,迅速地盖住了那一对太会说话的眼珠。张开嘴来,她嗫嚅着:"好……好吧!我……我……"

他忽然惊惧起来,这种冒险是不必须的,如果她真命令他走呢!不不,他已经等了四十几年,等一个能与他思想交流、灵魂相通的人物!他已经找寻了四十几年,追求了四十几年,以前种种,都已幻化为灰烬,只是这一刹那,他要保存,他要抓住,哪怕他会抓住一把火焰,他也宁愿被烧灼!于是,他很快地说:"请你忠于你自己,你说过,你是那种忠于自己,追求灵魂深处的真与美的人!"

"我说过吗?"她低声问,不肯抬起眼睛来。

"你说过！"

"可是，灵魂深处的真与美到底是什么？"

"是真实。"

"你敢要这份真实？"

"我敢。"

她抬起睫毛来了，那对眼睛重新面对着他，那眼珠乌黑而清亮，眼神坚定而沉着。他望着她，试着从她眼里去读出她的思想，可是，他读不出来，这眼光太深沉，太深沉，太深沉……像不见底的潭水，你探测不出潭水的底层有些什么。

他再度感到那股惊惧的情绪，不不，不要再做一个飘荡的氢气球，不要再在虚空中做无边无际的飘浮，他心中在呐喊，嘴里却吐不出丝毫的声音，他凝视她，不自觉地带着种恻然的、哀求的神情。于是，逐渐地，他发现那对清亮的眼睛里浮上了一层水汽，那水汽越聚越浓，终于悄然坠落。他心中一阵强烈地抽搐，心脏就痉挛般地绞扭起来，疼痛，酸楚，不不，是喜悦与狂欢！他拉着她的手，把她轻轻地拉过来，好轻好轻，她衣袂飘飘，翩然若梦，像一只蛱蝶，轻扑着翅膀，缓慢地飞翔……她投进了他的怀里。

他紧拥着她，抚摸着她柔软的发丝，感到她瘦小的身子的轻颤，他吻着她的鬓角、她的耳垂，嗅着她发际的幽香。他不敢说话，怕惊走了梦，不敢松手，怕放走了梦。好半晌，他抬起眼睛，墙上有个绿色的女郎，半含忧郁半含愁，默默地瞅着他：莫道不销魂，帘卷西风，人比黄花瘦！他心痛地闭上眼睛，用嘴唇滑过她光滑的面颊，落在她柔软的唇上。

下了课，雨柔抱着书本，沿着新生南路向前走，她不想搭公共汽车，也不想叫出租车，她只是缓缓地走着。夏日的黄昏，天气燠热，太阳依旧带着炙人的压力，对人烧灼着。她低垂着头，额上微微沁着汗珠，她一步步地迈着步子，这条路，她已走得那样熟悉，熟悉得背得出什么地方有树木，什么地方有巨石，什么地方有坑洼。走到和平东路，她习惯性地向右转，"家"不在这个方向，呼唤的力量，却在这个方向！

她的康理查！她陡然加快了步子，向前急速地走着。

转进一条窄窄的小巷，再转进一条更窄的小弄，她停在一间木板房前面。从那半开的窗口看进去，小屋零乱，阒无人影，看看表，六点十分！他可能还没有做完工，从口袋里掏出一把钥匙，她打开了房门。

走进去，房里好乱，床上堆着未折叠的棉被，换下来的衬衫、袜子、长裤，还有报纸、书本、圆珠笔……天！一个单身汉永远无法照顾自己。那张小小的木板钉成的书桌上，堆满了乱七八糟的稿纸，未洗的茶杯、牛奶杯。烟灰缸里的烟蒂盛满了，所以，满地也是香烟头了，房里弥漫着香烟味、汗味，和一股强烈的汽油味。她走到桌边，把书本放下，窗子打开，再把窗帘拉上。然后，她习惯性地开始着手来收拾这房间。可是，刚把稿纸整理了一下，她就看到台灯上贴着一张纸条，伸手取下纸条，上面写着："雨柔：三天没有看到你，一秒钟一个相思，请你细心地算算，一共累积了多少相思？雨柔：抽一支烟，想一百遍你，请数数桌上地下，共有多少烟蒂？雨柔：我在写稿，稿纸上却只有你的脸，我不能成为作家，唯你是问！看看，我写坏了多少稿纸？雨柔：我不能永远被动地等待，明天你不来，我将闯进你家里！雨柔：早知如此费思量，当初何必曾相遇！"

她握着纸条，泪水爬满了一脸，她伫立片刻，然后把纸条小心地折叠起来，放进衣服口袋里。含着眼泪，桌上的一切变得好模糊，好半晌，她才回过神来。看看稿纸，页数是散乱的，她细心地找到第一页，再一页页收集起来，一共十八页，没有写完，最后一页只写了两行，字迹零乱而潦草，编辑先生看得懂才怪！她非帮他重抄一遍不可。她想着，手下却没有停止工作，把书籍一本本地收起来，床上也是书，地下也是书，她抱着书，走到墙边，那儿，有一个"书架"。是用两个砖头，上面架一块木板，木板两端，再放两个砖头，上面再架一块木板。这样，架了五块木板，每块木板上都放满了书。她把手里的书也加入书架，码整齐了。再走向床边。

用最快的速度，铺床、叠被，把换洗衣服丢进屋角的洗衣篮里，拉开壁橱，找到干净的枕头套和被单，把床单和枕套彻底换过。到洗手间拿来扫把和畚箕，扫去烟蒂，扫去纸屑，扶着归把，下意识地去数了数烟蒂，再把烟灰缸里的烟蒂倒进畚箕。老天！那么多支烟，他不害肺癌才怪！扫完地，擦桌子，洗茶杯，一切弄干净，快七点了。扭亮台灯，把电风扇开开，她在书桌前坐下来，开始帮他抄稿，刚写下一个题目"地狱里来的人"她就愣了愣，却继续抄了下去："她是属于天堂的，错误的，是她碰到了一个地狱里来的人。"

她停了笔，用手支住额，她陷进深深的沉思中，而无法抄下去了。

第
三
章

　　一声门响，她惊跳起来。门口，江苇站在那儿，高大、黝黑。一绺汗湿的头发，垂在宽宽的额前，一对灼灼逼人的眸子，紧紧地盯着她。他只穿着汗衫，上面都是油渍，衬衫搭在肩上。一条洗白了的牛仔裤，到处都是污点。她望着他，立刻发出一声热烈的喊声："江苇!"

　　她扑过去，投进他的怀里，汽油味、汗味、男人味，混合成那股"江苇"味，她深吸了口气，攀住他的脖子，送上她的嘴唇。

　　他手里的衬衫落在地上，拥紧了她，一语不发，只是用嘴唇紧压着她的嘴唇，饥渴地、需索地、热烈地吻着她。几百个相思、几千个相思、几万个相思……都融化在这一吻里。

　　然后，他喘息着，试着推开她："哦，雨柔，我弄脏了你。"他说，"我身上都是汗水和油渍，我要去洗一个澡。"

　　"我不管!"她嚷着，"我不管! 我就喜欢你这股汗味和油味！"

"你却清香得像一朵茉莉花。"他说，吻着她的脖子，用嘴唇揉着她那细腻的皮肤，"你搽了什么？"

"你说对了，是一种用茉莉花制造的香水，爸爸的朋友从巴黎带来的，你喜欢这味道吗？"

他骤然放开了她。

"我想，"他的脸色冷峻了起来，声音立刻变得僵硬了，"我是没有什么资格，来研究喜不喜欢巴黎的香水的！"

"江苇！"她喊，观察着他的脸色，"我……我……"她嗫嚅起来，"我以后再也不用香水。"

他不语，俯身拾起地上的衬衫，走到壁橱边，他拿了干净的衣服，往浴室走去。

"江苇！"她喊。

他站住，回过头来瞅着她，眼神是暗淡的。

"我在想，"他静静地说，"汗水味，汽油味，如何和巴黎的香水味结合在一起？"

"我说了，"她泫然欲涕，"我以后再也不用香水。你……你……"泪水滑下了她的面颊，"你要我怎么样？好吧！你有汽油吗？"

"你要干什么？"

"用汽油在我身上洒一遍，是不是就能使你高兴了？"

他看着她，然后，他放下了手里的衣服，跑过来，他重新紧拥住她，他吻她，强烈地吻她，吻像雨点般落在她面颊上、眼睛上、眉毛上、泪痕上和嘴唇上。他把她的身子紧揽在自己的胳膊里，低声地、烦躁地、苦恼地说："别理我的坏脾气，雨柔，三天来，我想你想得快发疯了。"

"我知道，"她说，"我都知道。"

"知道？你却不来呵！"

"妈妈这两天，净在挑毛病，挑每一个人的毛病，下课不回家，她就盘问得厉害。"

"你却没有勇气，对你的母亲说：妈妈，我爱上了一个浪子、一个无家可归的孤儿、一个修理汽车的工人、一个没读过大学，只能靠自己的双手和劳力来生活的年轻人！你讲不出口，对不对？于是，我成为你的黑市情人，公主与流氓，小姐与流浪汉，狄斯耐笔下的卡通人物！只是，没有卡通里那么理想化、那么完美、那么圆满！这是一幕演不好的戏剧，雨柔。"

"你不要讲得这样残忍，好不好？"雨柔勉强地说，"你不是工人，你是技师……"

"我是工人！"他尖刻地说，推开她来，盯着她的眼睛："雨柔，工人也不可耻呀！你为什么要怕'工人'这两个字？听着，雨柔，我靠劳力生活，我努力，我用功，我写作，我力争上游。我浑身上下，没有丝毫可耻的地方，如果你以我为荣，我们交往下去！如果你看不起我，我们立即分手，免得越陷越深，而不能自拔！"

她凝视他，那对恼怒的眼睛，那张倔强的脸！那愤然的语气，那严峻的神情。她瑟缩了，在她心底，一股委屈的、受侮的感觉，很快地涌升上来，蔓延到她的四肢百骸里。自从和他认识，就是这样的，他发脾气，咆哮，动不动就提"分手"，好像她是个没人要的、无足轻重的、自动投怀送抱的、卑贱的女人。为什么要这样？为什么？那么多追她的男孩子，她不理，却偏偏要来受他的气？为什么？为什么？

"江苇，"她憋着气说，"如果我看不起你，我现在干吗要站在这里？我是天生的贱骨头，要自动跑来帮你收屋子，抄稿子！江苇！"眼泪涌进了她的眼眶："你不要狠，你不要欺侮人，不是我看不起你，是你看不起我，你一直认为我是个养尊处优的娇小姐！你打心里面抗拒我，你不要把责任推在我身上，要分手，我们马上就分手！免得我天天看你的脸色！"

说完，她转身就向门口冲去，他一下子跑过来，拦在房门前面，他的脸色苍白，呼吸急促。他闪亮的眼睛里燃着火焰，烧灼般地盯着她。

"不许走！"他简单而命令地说。

"你不是说要分手吗？"她声音颤抖，泪珠在睫毛上闪动。

"你让开！我走了，以后也不再来，你去找一个配得上你的，也是经过风浪长大的女孩子！"她向前再迈了一步，伸手去开门。

他立刻把手按在门柄上，站在那儿，他高大挺直，像一座屹立的山峰。

"你不许走！"他仍然说，声音喑哑。

她抬眼看他，于是，她看出他眼底的一抹痛楚、一抹苦恼、一抹令人心碎的深情，可是，那倔强的脸仍然板得那样严肃，他连一句温柔的话都不肯讲呵！只要一句温柔的话，一个甜蜜的字，一声呼唤，一点儿爱的示意……她会融化，她会屈服，但是，那张脸孔是如此倔强，如此冷酷呵！

"让开！"她说，色厉而内荏，"是你赶我走的！"

"我什么时候赶你走？"他大声叫，暴躁而恼怒。

"你轻视我！"

"我什么时候轻视过你？"他的声音更大了。

"你讨厌我！"她开始任性地乱喊。

"我讨厌我自己！"他大吼了一句，让开房门，"好吧！你走吧！走吧！永远不要再来！与其要如此痛苦，还是根本不见面好！"

她愣了两秒钟，心里在剧烈地交战，门在那儿，她很容易就可以跨出去，只是，以后就不再能跨进来！但是，他已经下了逐客令了，她已没有转圜的余地了。眼泪滑下了她的面颊，她下定决心，甩了甩头，伸手去开门。

他飞快地拦过来，一把抱住了她。

"你真走呵？"他问。

"难道是假的？"她啜泣起来，"你叫我走，不是吗？"

"我也叫你不要走，你就不听吗？"他大吼着。

"你没有叫我不要走，你叫我不许走！"她辩着。

他的手紧紧地箍着她的身子，她那含泪的眼睛在他面前放大，是两潭荡漾着的湖水，盛载着满湖的哀怨与柔情。他崩溃了，倔强、任性、自负……都飞走了，他把嘴唇落在她的唇上。苦楚地、战栗地吸吮着她的泪痕。

"我们在干什么？"他问，"等你，想你，要你，在心里呼唤了你千千万万次。风吹门响，以为你来了，树影投在窗子上，以为你来了，小巷里响起每一次的脚步声，都以为是你来了。左也盼，右也盼，心不定，魂不定，好不容易，你终于来了，我们却乱吵起来，吵些什么？雨柔，真放你走，我就别想活着了。"

哦！还能希望有更甜蜜的语言吗？还能祈祷有更温柔的句子吗？那个铁一般强硬、钢一般坚韧的男人！江苇，他可以写出最动人的文字，却决不肯说几句温柔的言辞。他能说出这番话，你还能不满足吗？你还能再苛求吗？你还敢再生气吗？她把脸埋在他那宽阔的胸前，哭泣起来。

她那热热的眼泪，濡湿了他的汗衫，烫伤了他的五脏六腑。他紧揽着她的头，开始用最温柔的声音，辗转地呼唤着她的名字：

"雨柔，雨柔，雨柔，雨柔！……"

她哭泣得更厉害，他心慌了。

"雨柔，别哭，雨柔，不许哭！"

听他又用"不许"两个字，雨柔只觉得心里一阵激荡，就想笑出来。但是，眼泪还没干，怎能笑呢？她咬着嘴唇，脸颊紧贴在他胸口，不愿抬起头来，她不哭了。

"雨柔，"他小心地说，"你还生气吗？"

她摇摇头。

"那么，雨柔，"他忽然说，"跟我去过苦日子吧，如果你受得了的话！"

她一惊，抬起头来。

"你是什么意思？"她问。

"结婚。"他清楚地说，"你嫁我吧！"

她凝视他，然后，她伸出手来，抚摸他那有着胡子茬的下巴、那粗糙的面颊、那浓黑的眉毛，和那宽宽的、坚硬的、能担负千钧重担般的肩膀。

"你知道，现在不行。"她温柔地说，"我太小，爸爸和妈妈不会让我这么小就结婚，何况，我才念大学一年级，我想，在大学毕业以前，家里不会让我结婚。"

"一定要听'家里'的吗？"他问。

她垂下睫毛。

"我毕竟是他们的女儿，对不对？这么多年的抚养和教育，我是无法抛开不顾的。江苇，"她再抬起眼睛来，"我会嫁你，但是，请你等我！"

"等多久？一个月？两个月？"

"你明知道，等我大学毕业。"

他不讲话，推开她的身子，他又去捡起他的内衣和毛巾，往浴室走去。雨柔担忧地喊："江苇，你又在生气了！"

江苇回过头来。

"我不在乎等你多久，"他清清楚楚地说，"一年、两年、三年……十年都没关系，但是，我不做你的地下情人，如果你觉得我是个不能公开露面的人物的话，你就去找你那个徐中豪吧！否则，我想见你的时候，我会去找你，我不管你父母的看法如何！"

雨柔低下头去。

"给我一点时间,"她说,"让我把我们的事先告诉他们,好吗?"

"你已经有了很多时间了,我们认识已经半年多了。"他钻进浴室,又伸出头来,"你父母一定会反对我,对不对?"

她摇摇头,困惑地说:"我不知道,我真的不知道。"

"我——"他肯定地说,"却非常知道。"

他钻进浴室去了。她沉坐在椅子里,用手托着下巴,深深地沉思起来。是的,她不能再隐瞒了。是的,她应该把江苇的事告诉父母,如果她希望保住江苇的话。江苇,他是比任何男人,都有更强的自尊,和更深的自卑的。

晚上,雨柔回到家里的时候,已经十点多钟了。父亲不在家,母亲正一个人在客厅里看电视,这是个好机会,假如她要说的话,母女二人,正好可以做一番心灵的倾谈。她在母亲身边坐了下来。

"妈!"她叫。

"哦,"婉琳从电视上回过头来,一眼看到雨柔,立刻心头火冒,"你怎么回来这样晚?女孩子,不好好待在家里,整天在外面乱逛,你找挨骂呢!"

"妈,"雨柔忍耐地说,"我记得,前两天的早饭桌上,我们曾经讨论过,关于我交男朋友的问题。"

"哦!"婉琳的精神全来了,她注视着雨柔,"你想通了,是不是?"

"什么东西想通了?"雨柔不解地问。

"妈说的话呀！"婉琳兴奋地说，用手一把揽住女儿的肩膀，"妈的话不会有错的，都是为了你好。你念大学，也是该交男朋友的年龄了，但是，现在这个社会，男孩子都太坏，你一定要把人家的家庭环境弄清楚。你的同学，考得上台大，当然功课都不错，家庭和功课是一样重要，父亲一定要是上流社会的人……"

"妈！"雨柔的心已经沉进了地底，却依然勉强地问了一句，"什么叫上流社会？"

"怎么？"婉琳睁大了眼睛，"像我们家，就是上流社会呀！"

"换言之，"雨柔憋着气说，"我的男朋友，一定要有一个拥有'云涛'这种事业的父亲，是不是？你干脆说，我的男朋友，一定要家里有钱，对不对？"

"哎呀，雨柔，你不要轻视金钱，"婉琳说，"金钱的用处才大着呢！你妈也是苦日子里打滚打过来的。没钱用的滋味才不好受呢！你别傻，我告诉你，家世好的孩子不会乱转你的念头，否则呀……"她拉长了声音。

"怎样呢？"雨柔问。

"那些穷小子，追你还不是冲着你父亲有钱！"

雨柔激灵地打了个冷战。

"妈，你把人心想象得太现实了。你这么现实，当初为什么嫁给不名一文的爸爸呢？"

"我看准你爸爸不会穷的，"婉琳笑着说，"你瞧，你妈眼光不坏吧！"

雨柔站起身来，她不想和母亲继续谈下去了，已经没有谈下去的必要了，她们之间，有一条不能飞渡的深谷！她用悲哀的眼光望着母亲，幽幽地说："妈，我为你伤心。"

"什么话！"婉琳变了色，"我过得好好的日子，要你伤心些什么？你人长得越大，连话都不会说了！讲话总得讨个吉利，伤什么心呢？"

雨柔一甩头，转身就向屋里走，婉琳追着喊："你急什么急呀？你还没说清楚，晚上你到哪里去了？是不是和徐中豪在一起？"

"让徐中豪滚进十八层地狱里去！"雨柔大声叫，"让爸爸的钱也滚进十八层地狱里去！"她跑走了。

婉琳愣了。呆呆地坐在那儿，想着想着，就伤起心来了。

"怪不得她要为我伤心呢！"她自言自语地说，"生了这样的女儿，怎么能不伤心呢！"

晚上，台北是个不夜城，霓虹灯闪烁着，车灯穿梭着，街灯耸立着。云涛门口，墙上缀满了彩色的壁灯，也一起亮着幽柔如梦的光线。

子健冲进了云涛，又是高朋满座！张经理对他眯眯眼睛，小李对他扮了个鬼脸，两人都把头侧向远远的一个墙角，他看过去，一眼看到晓妍正一个人坐在那儿，面前杯盘狼藉，起码已吃了好几盘点心，喝了好几杯饮料。他笑着赶过去，在她对面坐下来，赔笑地说："对不起，我来晚了！"

晓妍不看他，歪过头去望墙上的画，那是一幅雨秋的水彩，一片朦朦胧胧的绿色原野，上面开着许多紫色的小野花，有个赤足的小女孩，正摇摆着在采着花束。"对不起，别生气，"他再说了一句，"我妈今天好不容易地抓住了我，问了几百个问题，说什么也不放我出来，并不是我安心要迟到。"

晓妍依旧不理他，仰起头来，她望着天花板。

他也望望天花板。

"上面没什么好看的，只是木板和吊灯。"他笑嘻嘻地说，"如果你肯把目光平视，你对面正坐着一个英俊'稍'傻的青年，他比较好看。"

她咬住嘴唇，强忍住笑，又低头去看自己的沙发，用手指在那沙发上乱划着。"沙发也没什么好看，"他再说，"那花纹看久了，就又单调又没意思，绝不像你对面那张脸孔那样千变万化，不信，你抬起头来看看。"

她把脸一转，面对墙壁。

"怎么，你要参禅呀？还是被老师罚了？"

她一气，一百八十度地转身，面向外面，突然对一张桌子上的客人发起笑来，他回头一看，不得了，那桌上坐着五六个年轻男人，她正对他们大抛媚眼呢！这一惊非同小可，他慌忙说："晓妍，晓妍，不要胡闹了，好不好？"

晓妍不理他，笑容像一朵花一般地绽开。该死！贺子健，你碰到了世界上最刁钻最难缠的女孩子，偏偏你就不能不喜欢她。他深吸了口气，忽然计上心来，他叫住了一个服务小姐："喂，我们云涛不是新出品一种冰激凌，就是好大好大一杯，里面五颜六色有七八种味道，有新鲜草莓，什锦水果，顶上还有那么一颗鲜红的樱桃，那个冰激凌叫什么名字呀？"

"是云涛特别圣代。"服务小姐笑着说。

"哦，对了，云涛特别圣代，你给我一客！"

晓妍迅速地回过头来了，叫着说："我也要一客！"

子健长长地吐出一口气来，笑着说："好不容易，总算回过头来了，原来冰激凌的魔力比我的魔力大，唉唉！"他假装叹气，"早知如此，我一坐下来就给你叫客冰激凌不就好了，费了我这么多口舌！"

晓妍瞪视着他，扑哧一声笑了。笑完了，她又板起脸来，一本正经地说："我警告你，贺子健，以后你跟我订约会，敢迟到一分钟的话，我们之间就算完蛋！""是的，小姐。我遵命，小姐。"子健说，又叹口气。自言自语地再加了句，"真不知道是哪一辈子欠了你的债。"

"后悔和我交朋友，随时可以停止。"她说，嘟起了嘴唇，"反正我也不是好女孩。"

"为什么你总是口口声声说你不是好女孩？"子健不解地问，"在我心目中，没有别的女孩可以和你相比，如果你不是好女孩，怎样的女孩才是好女孩？"

"反正我不是好女孩！"她固执地说，"我说不是就不是！"

"好好好，"子健无可奈何地说，"你不是好女孩，反正我也不是好男孩！坏女孩碰着了坏男孩，正好是一对！"

"呸！谁和你是一对？"晓妍说，却不由自主地笑了起来。

她的笑那样甜，那样俏皮，那样如春花之初绽，如朝霞之初展，他又眩惑了。他总是眩惑在她的笑里、骂里、生气里、欢乐里。他眩惑在她所有的千变万化里。他不知不觉地伸出手去，握住了她的手，叹息地、深切地、诚挚地说："晓妍，我真形容不出我有多喜欢你！"

晓妍的笑容消失了，她注视了他一会儿，然后悄悄地抽回了自己的手，默默地垂下了眼睫毛。子健望着她，他不懂，每回自己涉及爱情的边缘时，她总是这样悄然地静默下来，如果他想做进一步的试探，她就回避得比谁都快。平日她嘻嘻哈哈，快乐而洒脱，一旦他用感情的句子来刺探她，她就像个受惊的小鸟般，扑扑翅膀，迫不及待地要飞走，吓得他只好适可而止。因此，和她交往了三个多月，他们却仍然停止在友谊和爱情的那一条界限上。这，常带给他一种痛楚的压力，这股压力奔窜在他的血管里，时刻都想腾跃而出，但是，他不敢，他怕吓走了她。谁能解释，一个天不怕、地不怕的女孩子，却会害怕爱情？

冰激凌送来了，服务小姐在递给子健冰激凌的同时，也递给他一张纸条，他打开纸条来，上面写着："能不能带你的女朋友到会客室来坐坐？爸爸"。他没料到这时间，父亲还会在云涛。他抬起头，对服务小姐点头示意，然后，他把纸条递给晓妍。

晓妍正含了一大口冰激凌，看到这纸条，她吓了一大跳，瞪着一对略略吃惊的眸子，她看着子健。子健对她安慰地笑笑，说："你放心，我爸爸并不可怕！"

晓妍费力地把那一大口冰激凌咽了下去。当然，她早已知道子健是云涛的小老板，也早已从姨妈嘴中，听过贺俊之的名字。只是，她并不了解，姨妈和贺俊之，已超越一个画家和画商间的感情，更不知道，贺俊之对于她的身份，却完全一无所知。

"你什么时候告诉你爸爸，你认识我的？"她问。

"我从没有对我爸爸提过你，"他笑着说，"可是，我交了个漂亮的女朋友，这并不是个秘密，对不对？我早就想带你去我家玩了。你也应该在我父母面前露露面了。"

"为什么？"她天真地问。

为什么？你该死！他暗中咬牙。

"晓妍，"他深思地问，"你对爱情认真过吗？"

她怔了怔，然后，她歪着头想了想。

"大概没有，"她说，"说老实话，我到现在为止，还根本不知道什么叫爱情。"

他紧盯着她。

"你真不知道吗？"他憋着气问，"即使是在最近，你心里也从没有要渴望见一个人，或者为他失眠，或者牵肠挂肚，或者……"

"喂喂！"她打断了他，"你再不吃，你的冰激凌都化掉了。"

"让它化掉吧！"他没好气地说，把杯子推得远远的，"我真不知道你这种吃法，怎么能不变成大胖子？如果你的腰和水桶一样粗，脸像烧饼一样大，我可能也不会这样为你发疯了。我现在希望你马上变成大胖子！最好胖得像猪八戒一样！""喂喂，"她也把杯子推开，"你怎么好好的咒我像猪八戒呢？你怎么了？你在和谁发脾气？"

"和我自己。"子健闷闷地说。

"好吧!"晓妍擦擦嘴,"我也不吃了,你又发脾气,又咒人,弄得我一点胃口都没有了。"

"你没胃口是因为你已经吃了太多的蛋糕。"子健气愤地冲口而出。

晓妍瞅着他,然后,她站起身来。

"如果我需要看你的脸色,我还是回家的好,我不去见你的老爸了!你的脸已经拉长得像一匹马,你老爸的脸一定长得像一头驴子!"

他一把抓住了她的手腕。

"你非跟我去见爸爸不可!"他说。

"我不去!"她任性的脾气发作了。

"你非去不可!"他也执拗起来。

她挣脱了他,提高了声音:"你别拉拉扯扯的好不好?"

他重新抓住了她的手腕。

"跟我进去!"他命令地说。

"我不!"

"跟我进去!"

"我不!"

附近的人都转过头来看着他们了,服务小姐又聚在一块儿窃窃私语。子健心中的火焰迅速地燃烧了起来,一时间,他觉得无法控制自己体内那即将爆发的压力,从来没有一个人让他这样又气又爱又恨又无可奈何!不愿再和她捉迷藏了,不愿再和她游戏了。他捏紧了她的胳膊,把她死命地往会客室的方向拉去，一面咬牙切齿地说："你非跟我进去不可！"

"不去！不去！不去！"晓妍嘴里乱嚷着，一面拼命挣扎，但是子健力气又大，捏得她的胳膊奇痛无比，她就身不由己地被他拉着走。她越挣扎，子健握得越紧，她痛得眼泪都迸了出来，但她嘴里还在猛喊："不去！不去！不去！"

就这样，子健推开了会客室的门，把晓妍一下子"摔"进了沙发里，晓妍还在猛喊猛叫，子健的脸色气得发青，他阖上房门，大声地说："爸爸，这就是我的女朋友，你见见吧！"

俊之那样惊愕，惊愕得不知该如何是好，他站起身来，看看子健，又看看晓妍。晓妍蜷在沙发里，被子健那一摔摔得七荤八素。她的头发蓬松而零乱，满脸泪痕，穿着一件长袖的、紧身的蓝色衬衫，一条绣花的牛仔裤，好熟悉的一身打扮，俊之盯着她。那张脸孔好年轻，不到二十岁，虽然泪痕狼藉，却依然美丽动人，那翘翘的小鼻头，那翘翘的小嘴，依稀仿佛，像那么一个人。他看着她，一来由于这奇异的见面方式，二来由于这张似曾相识的脸和这身服装，他呆住了。

晓妍缩在沙发里，一时间，她心里有点迷迷糊糊，接着，她就逐渐神思恍惚起来。许多画面从她脑海里掠过，许多久远以前的记忆，许多痛楚，许多伤痕……她解开袖口的扣子，卷起衣袖，在她手腕上，被子健握住的地方，已经又红又肿又瘀血，她用手按住那伤痕，泪珠迅速地滚下了她的面颊。她低低地、呜咽着说："你看！你弄痛了我！我没有做错什么，你……你为什么要弄痛我？"

看到那伤痕，子健已经猛吸了一口冷气，他生平没有对任何人动过蛮，何况对一个女孩子？再看到晓妍泪痕满面，楚楚可怜的模样，他的心脏就绞痛了起来，几百种后悔、几千种怜惜、几万种难言的情愫一下子袭击着他。他忘了父亲，忘了一切，他眼里只有晓妍，那可怜的、委屈的、娇弱的晓妍！

他扑了过去，跪在地毯上，一把握住晓妍的手，想看看那伤痕。可是，晓妍被他扑过来的动作吓了一跳，就惊慌地缩进沙发深处，抬起一对恐惧的眼光，紧张而瑟缩地看着子健，颤抖着说："你——你……你要干什么？"

"晓妍！"他喊，"晓妍？"他轻轻握住她的手，心痛得头发昏，"我不会再弄痛你，我保证，晓妍。"他凝视她的眼睛，她怎么了？她的眼神那么恐惧、那么畏怯、那么瑟缩……这不是平日的晓妍了，这不是那飞扬跋扈、满不在乎的晓妍了。

他紧张了，冷汗从他额上沁了出来，他焦灼地看着她，急促地说："晓妍，我抱歉，我抱歉，我抱歉！请原谅我！请原谅我！我不是有意要弄伤你！晓妍？晓妍？你怎么了？你怎么了？"

俊之走了过来，他俯身看那孩子，晓妍紧紧地蜷在沙发里，只是大睁着受惊的眸子，一动也不动。俊之把手按在子健肩上，说："别慌，子健，你吓住了她，我倒一点酒给她喝喝，她可能就回过神来了。"

会客室里多的是酒，俊之倒了一小杯白兰地，递给子健，子健心慌意乱地把酒杯凑到晓妍的唇边。晓妍退缩了一下，惊慌地看着子健，子健一手拿着杯子，一手轻轻托起晓妍的下巴，他尽量把声音放得好温柔好温柔："晓妍，来，你喝一点！"

晓妍被动地望着他，他把酒倾进她嘴里，她又一惊，猛地挣扎开去，酒一半倒进了她嘴里，一半洒了她满身，她立刻剧烈地咳嗽起来，这一咳，她的神志才咳回来了，她四面张望，陡然间，她哇的一声放声痛哭，用手蒙住脸，她像个孩子般边哭边喊："我要姨妈！我要姨妈！我要姨妈！"

子健是完全昏乱了，他喊着说："爸爸！请你打电话给她姨妈！"

"我怎么知道她姨妈的电话号码？"俊之失措地问。

"你知道！"子健叫着，"她姨妈就是秦雨秋！"

俊之大大地一震，他瞪着晓妍，怪不得她长得像她！怪不得她穿着她的衣服！原来她是雨秋的外甥女儿！子健急了，他喊着说："爸爸，拜托你打一下电话！"俊之惊醒了，他来不及弄清楚这之间的缘由，晓妍在那儿哭得肝肠寸断。他慌忙拨了雨秋的号码。雨秋几乎是立刻就接起了电话。

"雨秋！"他急急地说，"别问原因，你马上来云涛的会客室，你的外甥女儿在这里！"

在电话中，雨秋也听到了晓妍的哭泣声，她迅速地摔下了电话，立即跑出房间，一口气冲下四层楼。二十分钟后，她已经冲进了那间会客室。晓妍还在哭，神经质地，无法控制地大哭，除了哭，只是摇着头叫："姨妈！姨妈！姨妈！姨妈！"雨秋一下子冲到晓妍身边，喊着说："晓妍！"

晓妍看到雨秋，立即扑进了她怀里，用手紧紧地抱着她的腰，把面颊整个藏在她衣服里。她抽噎着、哽塞着、颤抖着。雨秋拍抚着她的背脊，不住口地说："没事了，晓妍，姨妈在这儿！没事了，晓妍，没人会伤害你！别哭，别哭，别哭！"她的声音轻柔如梦，她的手臂环绕着晓妍的头，温柔地轻摇着，像在抚慰一个小小的婴孩。晓妍停止了哭泣，慢慢地、慢慢地平静下来，但仍然抑制不住那间歇性的抽噎。雨秋抬起眼睛来，看了看子健，又看了看俊之。

"俊之，"她平静地说，"你最好拿一杯冰冻的橘子汁之类的饮料来。"

俊之立刻去取饮料，雨秋望着子健。

"你吓了她？"她问，"还是凶了她？"

子健苦恼地蹙起眉头。

"可能都有。"他说，"她平常从没这样。我并不是有意要伤害她！"

雨秋了解地点点头。俊之拿了饮料进来，雨秋接过饮料，扶起晓妍的头，她柔声说："来吧，晓妍，喝点冰的东西就好了，没事了，不许再哭了，已经不是小孩子了呢！"

晓妍俯着头，把那杯橘子汁一气喝干。然后，她垂着脑袋，怯怯地用手拉拉雨秋的衣服，像个闯了祸的小孩，她羞涩地、不安地说："姨妈，我们回家去吧！"子健焦灼地向前迈了一步，却不知该说些什么好。雨秋抬眼凝视着子健，她在那年轻的男孩眼中，清楚地读出了那份苦恼的爱情。于是，她低下头，拍拍晓妍的背脊，她稳重而清晰地说："晓妍，你是不是应该和子健单独谈谈呢？"

晓妍惊悸地蠕动了一下身子，抓紧了雨秋的手。

"姨妈，"她不肯抬起头来，她的声音低得像蚊子叫，"我已经出丑出够了，你带我回家去吧！"

"晓妍！"子健急了，他蹲下身子，他的手盖在她的手上，他的声音迫切而急促，"你没有出丑，你善良而可爱，是我不好。我今天整个晚上的表现都糟透了，我迟到，叫你等我，我又和你乱发脾气，又强迫你做你不愿做的事情，又弄伤了你……我做错每一件事情，那只是因为……"他冲口而出地说出了那句他始终没机会出口的话，"我爱你！"

听到了那三个字，晓妍震动了，她的头更深地低垂了下去，身子瑟缩地向后靠。但是，她那只被子健抓着的手却不知不觉地握拢了起来，把子健的手指握进了她的手里。她的头依然在雨秋的怀中，喉咙里轻轻地哼出了一句话，嗫嚅而犹疑："我……我……我不是个……好女孩。"

雨秋悄悄地挪开身子，把晓妍的另一只手也握进了子健的手中，她说："让子健去判断吧，好不好？你应该给他判断的机会，不能自说自话，是不是？"

晓妍俯首不语，于是，雨秋移开了身子，慢慢地站起来，让子健补充了她的空位。子健的双手，紧紧地握着晓妍的，他的大手温暖而稳定，晓妍不由自主地抬起睫毛来，很快地映了子健一眼，那带泪的眸子里有惊怯、有怀疑，还有一抹奇异的欣悦和乞怜。这眼光立刻把子健给击倒了，他心跳，他气喘。某种直觉告诉他，他怀抱里的这个小女孩并不像他想象中的那样简单。但是，他不管，他什么都可以不管，不管她做错过什么、不管她的家世、不管她的出身、不管她过去的一切的一切，他都不要管！他只知道，她可爱，又可怜，她狂野，又娇怯。而他，他爱她，他要她！不是一刹那的狂热，而是永恒的真情。

这儿，雨秋看着那默默无言的一对小恋人，她知道，她和俊之必须退去，给他们一段相对坦白的时间。她深思地看了看晓妍，这是冒险的事！可是，这也是必需的过程，她一定要让晓妍面对她以后的人生，不是吗？否则，她将永远被那份自卑感所侵蚀，直到毁灭为止。子健，如果他是那种有热情有深度的男孩，如果他像他的父亲，那么，他该可以接受这一切的！她毅然地甩了一下头，转身对那始终被弄昏了头的俊之说："我知道你有几百个疑问，我们出去吧！让他们好好谈谈，我们也——好好谈谈。"

于是，他们走出了会客室，轻轻地阖上房门，把那一对年轻的恋人关进了房里。

当雨秋和俊之走出了那间会客室，他们才知道，经过这样一阵紊乱和喧闹，云涛已经是打烊的时间了。客人们正纷纷离去，小姐们在收拾杯盘，张经理在结算账目，大厅里的几盏大灯已经熄去，只剩下疏疏落落的几盏小顶灯，嵌在天花板的板壁中，闪着优柔的光线，像暗夜里的几颗星辰。那些特别用来照射画的水银灯，也都熄灭了，墙上的画，只看出一些朦胧的影子。很少在这种光线下看云涛，雨秋伫立着，迟迟没有举步。俊之问："我们去什么地方？你那儿好吗？"

雨秋回头看了看会客室的门，再看看云涛。

"何不就在这儿坐坐？"她说，"一来，我并不真的放心晓妍。二来，我从没享受过云涛在这一刻的气氛。"

俊之了解雨秋所想的，他走过去，吩咐了张经理几句话，于是，云涛很快地打烊了。小姐们都提前离去，张经理把账目锁好，和小李一起走了。只一会儿，大厅里曲终人散，偌大的一个房间，只剩下了俊之和雨秋两个人。俊之走到门边，按了铁栅门的电钮，铁栅阖拢，云涛的门关上了。屋子的静寂，一屋子的清幽，一屋子朦胧的、温柔的落寞。雨秋走到屋角，选了一个隐蔽的角落坐下来，正好可以看到大厅的全景。俊之却在柜台边，用咖啡炉现煮了一壶滚热的咖啡。倒了两杯咖啡，他走到雨秋面前来。雨秋正侧着头，对墙上一幅自己的画沉思着。

"要不要打开水银灯看看？"俊之问。

"不不！"雨秋慌忙说，"当你用探照灯打在我的画上的时候，我就觉得毫无真实感，我常常害怕这样面对我自己的作品。"

"为什么？"俊之在她对面坐下来，"你对你自己的作品不是充满了信心与自傲的吗？"

她看了他一眼。

"当我这样告诉你的时候，可能是为了掩饰我自己的自卑呢！"她微笑着，用小匙搅动着咖啡。她的眼珠在咖啡的雾气里，显得深沉而迷茫，"人都有两面，一面是自尊，一面是自卑，这两面永远矛盾地存在在人的心灵深处。人可以逃避很多东西，但是无法逃避自己。我对我的作品也一样，时而充满信心，时而毫无信心。"

"你知道，你的画很引起艺术界的注意，而且，非常奇怪的一件事，你的画卖得特别好。最近，你那幅《幼苗》是被一个画家买走的，他说要研究你的画。我很想帮你开个画展，你会很快地出名，信吗？"

"可能。"她坦白地点点头，"这一期的艺术刊物里，有一篇文章，题目叫《秦雨秋也能算一个画家吗？》，把我的画攻击得体无完肤。于是，我知道，我可能会出名。"她笑瞅着他："虽然，你隐瞒了这篇文章，可是，我还是看到了。"

他盯着她。

"我不该隐瞒的，是不是？"他说，"我只怕外界的任何批评，会影响了你画画的情绪，或左右了你画画的路线。这些年来，我接触的画家很多，看的画也很多，每个画家都尽量地求新求变，但是，却变不出自己的风格，常常兜了一个大圈子，再回到自己原来的路线上去。我不想让你落进这个老套，所以，也不想让你受别人的影响。"

"你错了，"她摇摇头，"我根本不会受别人的影响。那篇文章也有它的道理，最起码，它的标题很好，秦雨秋也能算一个画家吗？老实说，我从没认为自己是个画家，我只是爱画画而已，我画我所见，我画我所思。别人能不能接受，是别人的事，不是我的事。我既不能强迫别人接受我的画，也不能强迫别人喜欢我的画。别人接受我的画，我心欢喜，别人不接受，是他的自由。画画的人多得很，他尽可以选择他喜欢的画。"

"你能这样想，我很高兴。"他微笑起来，眼底燃亮着欣赏与折服，"那么，顺便告诉你，很多人说你的画，只是'商品'，而不是'艺术品'！"

"哈哈！"她忽然笑了，笑得洒脱，笑得开心，"商品和艺术品的区别在什么地方？毕加索的'艺术品'是最贵的'商品'，张大千的'艺术品'一样是'商品'，只是商品的标价不同而已。我的画当然是商品，我在卖它，不是吗？有金钱价值的东西，有交易行为的东西就都是商品，我的愿望，只希望我的商品值钱一点，经得起时间的考验而已。如果我的画，能成为最贵的'商品'，那才是我的骄傲呢！"

"雨秋！"他握住她那玩弄着羹匙的小手，"你怎会有这些思想？你怎能想得如此透彻？你知道吗？你是个古怪的女人，你有最年轻的外表，最深刻的思想。"

"不，"她轻轻摇头，"我的思想并不深刻，只是有点与众不同而已，我的外表也不年轻，我的心有时比我的外表还年轻。我的观念、看法、作风、行为，甚至我的穿着打扮，都会成为议论的目标，你等着瞧吧！"

"不用等着瞧，"他说，"已经有很多议论了，你'红'得太快！"他注视她。"你怕吗？"他问。

"议论吗？"她说，"你用了两个很文雅的字，事实上，是挨骂，是不是？""也可以说是。"

她用手支着头，沉思了一下，又笑了起来。

"知不知道有一首剃头诗？一首打油诗，从头到尾都是废话，却很有意思。""不知道。"

"那首诗的内容是——"她念了出来,"闻道头须剃,人皆剃其头,有头终须剃,不剃不成头,剃自由他剃,头还是我头,请看剃头者,人亦剃其头。"

俊之笑了。

"很好玩的一首诗,"他说,"这和挨骂有什么关系吗?"

"有。"她笑容可掬,"世界上的人,有不挨骂的吗?小时,被父母骂;念书时,被老师骂;做事时,被上司骂;失败了,被人骂;成功了,也会被人骂,对不对?"

"很对。"

"所以,我把这首诗改了一下。"

"怎么改的?"

她啜了一口咖啡,眼睛里充满了嘲弄的笑意,然后,她慢慢地念:"闻道人须骂,人皆骂别人,有人终须骂,不骂不成人,骂自由他骂,人还是我人,请看骂人者,人亦骂其人!"

"哈哈!"俊之不能不笑,"好一句'骂自由他骂,人还是我人,请看骂人者,人亦骂其人。'雨秋,你这首骂人诗,才把人真骂惨了!"他越回味,越忍俊不禁:"雨秋,你实在是个怪物,你怎么想得出来?"

雨秋耸了耸肩。

"人就是这样的,"她说,"骂人与挨骂,两者皆不免!唯一的办法,就是抱着'骂自由他骂,人还是我人'的态度,假若你对每个人的议论都要去注意,你就最好别活着!我也常对晓妍说这话,是了,晓妍……"她猛然醒悟过来,"我们把话题扯得太远了,我主要是和你谈谈晓妍。"

第四章

他紧紧地凝视着她。

"不管和你谈什么，"他低声地说，"都是我莫大的幸福，我愿意坐在这儿，和你畅谈终夜。"

她瞅着他，笑容隐没了，她轻轻一叹。

"怎么了？"他问。

"没什么，"她摇摇头，"让我和你谈谈晓妍，好吗？我不相信你能不关心。"

"我很关心，"他说，"只是你来了，我就不能抑制自己，似乎眼中心底，就只有你了。"他握紧了她的手，眼底掠过一抹近乎痛楚的表情。"雨秋！"他低唤了一声，"我想告诉你……"

她轻轻抽出自己的手来。

"能不能再给我一杯咖啡？"她问。

他叹了口气，站起身来，给她重新倒了一杯咖啡。咖啡的热气氤氲着，香味弥漫着。她的眼睛模糊而蒙眬。

"很抱歉，俊之，"她说，"我第一次见到子健，听他说出自己姓贺，我就猜到他是你的儿子。但是我并没告诉你，因为，我想，他们的感情不见得会认真，交往也不见得会持久。晓妍，她一直不肯面对异性朋友，她和他们玩，却不肯认真，我没料到，她会对子健真的认真了。"

俊之疑惑地看着她。

"你怎么知道是她在认真？我看，是子健在认真呢！"

"你不了解晓妍，"她摇摇头，"假若她没有认真，她就不会发生今晚这种歇斯底里的症状，她会嘻嘻哈哈，满不在乎。"

"我不懂。"俊之说。

"让我坦白告诉你吧，你也可以衡量一下，像你这样的家庭，是不是能够接受晓妍？如果你们不能接受晓妍，我会在悲剧发生之前，把晓妍远远带走……"

"你这是什么意思？"俊之微微变了色，"如果我的儿子爱上了你的外甥女儿，我只有高兴的份，我为什么不能接受她？"

"听我说！"她啜了一口咖啡，沉吟地说，"她仅仅读到高中毕业，没进过大学。"

"不成问题，我从没有觉得学历有多重要！"

雨秋注视了他一段时间。

"晓妍的母亲，是我的亲姐姐，我姐姐比我大十二岁，晓妍比我小十岁，我的年龄介乎她们母女之间。我姐姐生性孤僻、守旧、严肃、不苟言笑，和我像是两个时代里的人……"
她顿了顿，望着咖啡杯，"现在的人喜欢讲'代沟'两个字，
似乎两辈之间，一定会有代沟，殊不知在平辈之间，一样会
有代沟。'代沟'两个字，与其说是两代间的距离，不如说是
思想上的距离。我和姐姐之间，有代沟，我和晓妍之间，竟
没有代沟，你信吗？"

俊之点点头。

"晓妍是我姐姐的长女，她下面还有一个弟弟、一个妹
妹。我姐夫和我姐姐是标标准准的一对，只是，姐夫比姐姐
更保守，更严肃，他在一家公司里当小职员，生活很苦，却
奉公守法，兢兢业业，一个好公民，每年的考绩都是优等。"
她侧头想了想，"我姐夫的年龄大概和你差不多，但是，你们
之间，准有代沟。"

"我相信。"俊之笑了。

"晓妍从小就是家里的小叛徒，她活泼、美丽、顽皮、刁
钻，而古怪。简直不像戴家的孩子，她——有些像我，任性、
自负、骄傲、好奇，而且爱艺术、爱音乐、爱文学。这样的
孩子，在一个古板保守的家庭里，是相当受罪的，她从小就
成为她父母的问题。只有我，每次挺身而出，帮晓妍说话，
帮她和她父母争执，好几次，为了晓妍，我和姐姐姐夫吵得
天翻地覆。因此，等到晓妍出事以后，姐姐全家，连我的父
母在内，都说我该负一部分责任。"

"出事？"俊之蹙起了眉头。

"四年前，晓妍只有十六岁，她疯狂般地迷上了合唱团，

吉他、电子琴、热门音乐，她几乎为披头发疯。她结交了一群也热爱合唱团的年轻朋友们，整天在同学家练歌、练琴、练唱。这是完全违背戴家的原则的，她父母禁止她，我却坚持应该让她自由发展她的兴趣。晓妍的口头语变成了'姨妈说可以！'于是，她经常弄得很晚回家，接着有一天，我姐姐发疯般地打电话叫我去……"她顿了顿，望着俊之，清晰地、低声地说，"晓妍怀孕了。"

俊之一震。他没有接话，只是看着雨秋。

"十六岁！"雨秋继续说了下去，"她只有十六岁，我想，她连自己到底做了什么错事都弄不清楚，她只是好奇。可是，我姐夫和我姐姐都发疯了，他们鞭打她，用皮带抽她，用最下流的字眼骂她，说她是荡妇、是娼妓，说她下贱、卑鄙，丢了父母的人，丢了祖宗八代的人，说她是坏女孩，是天下最坏的女孩……当然，我知道，晓妍犯了如此的大错，父母不能不生气，可是，我仍然不能想象，亲生父母，怎能如此对待自己的孩子！"

俊之动容地看着雨秋，他听得出神了。

"我承认，晓妍是做了很大的错事，但是，她只是个十六岁的孩子，尤其像晓妍那样的孩子，她热情而心无城府，她父母从没有深入地了解过她，也没有给她足够的温暖，她所需要的那份温暖，她是比一般孩子需要得多的。事情已经发生了，应该想办法弥补，他们却用最残忍和最冷酷的手段来对付她，最使他们生气的，是晓妍抵死也不肯说出事情是谁干的。于是，整整一个礼拜，他们打她、揍她、骂她，不许她睡觉，把她关在房里审她，直到晓妍完全崩溃了，她那么惊吓、那么恐惧，然后，她流产了。流产对她，可能是最幸运的事，免得一个糊里糊涂的、不受欢迎的生命降生。但，跟着流产而来的，是一场大病，晓妍昏迷了将近半个月，只是不停口地呓语着说：'我不是一个好女孩，我不是一个好女孩，我不是一个好女孩……'她父母怕丢脸，家丑不可外扬，竟不肯送她去医院。我发火了，我到戴家去闹了个天翻地覆，我救出了晓妍，送她去医院，治好了她，带她回我的家，从此，晓妍成了我的孩子、伴侣、朋友、妹妹、知己……虽然，事后，她的父母曾一再希望接她回去，可是，她却再也没有回到她父母身边。"

俊之啜了一口咖啡，他注视着雨秋。雨秋的眼睛在暗沉沉的光线下发着微光，闪烁的、清幽的。

"那时候，我刚刚离婚，一个人搬到现在这栋小公寓里来住，晓妍加入了我的生活，正好也调剂了我当时的落寞。我们两个都很失意，都是家庭的叛徒，也都是家庭的罪人，我们自然而然地互相关怀、互相照顾。晓妍那时非常自卑、非常容易受惊、非常神经质，又非常怕接触异性。我用了一段很长的时间来治疗她的悲观和消沉，重新送她去读高中——她休学了半年。她逐渐又会笑了、又活泼了、又快乐了、又调皮了、又充满了青春的气息了。很久之后，她才主动地告诉我，那闯祸的男孩只有十七岁，他对她说，让我们来做一个游戏，她觉得不对，却怕那男孩子笑她是胆小鬼，于是，他们做了，她认识那男孩子，才只有两小时，她连他姓甚名谁都不知道。唉！"她深深叹息，"我们从没给过孩子性教育，是吗？"

她啜了一口咖啡，身子往后靠，头仰在沙发上，她注视着俊之。

"晓妍跟着我，这几年都过得很苦，我离婚的时候，我丈夫留下一笔钱，他说我虽然是个坏妻子，他却不希望我饿死，我们用这笔钱撑持着。晓妍一年年长大，一年比一年漂亮，我可以卖掉电视机、卖掉首饰，去给她买时髦的衣服，我打扮她，鼓励她交男朋友。她高中毕业后，我送她去正式学电子琴，培植她音乐上的兴趣。经过这么多年的努力，她已经完全是个正常的、活泼的、快乐的少女了。只是，往日的阴影，仍然埋在她记忆的深处，她常常会突发性地自卑，尤其在她喜欢的男孩面前。她不敢谈恋爱，她从没有恋爱过，她也不敢和男孩子深交，只因为……她始终认为，她自己不是个好女孩。"

她停住了，静静地看着他，观察着他的反应。

"这就是晓妍的故事。"她低语，"我把它告诉你，因为这女孩第一次对感情认了真，她可能会成为你的儿媳妇。如果你也认为她不是一个好女孩，那么，别再伤害她，让我带她走得远远的，因为她只有一个坚强的外表，内在的她，脆弱得像一张玻璃纸，一碰就破，她禁不起刺激。"

俊之凝视着雨秋，他看了她很久很久。在他内心深处，晓妍的故事确实带来了一股压力。但是，人只是人哪！哪一个人会一生不犯错呢？雨秋的眼睛清明如水，幽柔如梦，他想着她曾为那女孩所做过的努力，想着这两个女人共同面对过的现实与挣扎。然后，他握着她的手，抚摸着她手上的皮肤，他只能低语了一句："我爱你，雨秋。"

她的眼睛眨了眨，眼里立即泛上了一层泪影。

"你不会轻视那女孩吗？"她问。

"我爱你。"他仍然说，答非所问地。

"你不会在意她失足过吗？"她再问。

"我爱你。"他再答，"你善良得像个天使！别把我想成木钟！"

泪光在她眼里闪烁，她闭了闭眼睛，用手支着头，她有片刻垂首不语，然后，她抬起眼睛来，又带泪，又带笑地望着他。

"你认为——"她顿了顿，"子健也能接受这件事实吗？"

他想了想，有些不安。

"他们在房间里已经很久了，是不是？"他问。

"是的。"

"你认为晓妍会把这一段告诉子健？"

"她会的。"她说，"因为我已经暗示了她，她必须要告诉他。如果——她真爱他的话。"

"那么，我们担忧也没用，是吗？"俊之沉思着说，"你不愿离开云涛，因为你要等待那个答案，那么，我们就等待吧，我想，很快我们就可以知道子健的反应。"

她看来心神不定。

"你很笃定呵！"她说。

"不，我并不笃定。"他坦白地说，"在这种事情上，我完全没有把握，子健会有怎样的反应，我想，这要看子健到底爱晓妍有多深。反正，我们只能等。"他说，站起身来，他再一次为她注满了热咖啡。

"喝这么多咖啡，我今晚休想睡觉了。"她说。

"今晨，"他更正她，"现在是凌晨两点半。"

"哦，"她惊讶，更加不安了，"已经这么晚了？"

"这么早。"他再更正她。

她看着他。

"有什么分别？"她问，"你只是在文字上挑毛病。"

"不是，"他摇头，"时间早，表示我们还有的是时间，时间晚，表示你该回去了。"

"我们——"她冲口而出，"本来就晚了，不是吗？见第一面的时候就晚了。"

他的手一震，端着的咖啡洒了出来。他凝视她，她立刻后悔了。

"我和你开玩笑，"她勉强地说，"你别认真。"

"可是——"他低沉地说，"我很认真。"

她盯着他，摇了摇头。

"你已经——没有认真的权利了。"

他把杯子放下来，望着那氤氲的、上升的热气，他沉默了，只是呆呆地注视着那烟雾。他的眉头微蹙，眼神深邃，她看不出他的思想，于是，她也沉默了。一时间，室内好安静好安静。时间静静地滑过去，不知道滑了多久，直到一声门响，他们两人才同时惊觉过来。会客室的门开了，出来的是子健。雨秋和俊之同时锐利地打量着他，他满脸的严肃，或者，他经过了一段相当难过的、挣扎的时刻，但是，他现在看来是平静的，相当平静。

"哦！"子健看到他们，吃了一惊，"你们没有走？"他说，"怪不得一直闻到咖啡味。"

雨秋站起身来。

"晓妍呢？"她不安地问，再度观察着子健的脸色，"我要带她回家了。"她往会客室走去。

"嘘！"子健很快地赶过来，低嘘了一声，压低声音，"她睡着了，请你不要吵醒她。"

雨秋注视着子健，后者也定定地注视着她。然后，他对她缓缓地摇了摇头。

"姨妈，"他说，"你实在不应该。"

"我不应该什么？"她不解地。

"不应该不告诉我，"他一脸的郑重，语音深沉，似乎他在这一晚之间，已经长大了，成熟了，是个大人了，"如果我早知道，我不会让她面对这么多内心的压力。四年，好长的一段时间，你知道她有多累？她那么小、那么娇弱，却要负担那么多！"他眼里有泪光："现在，她睡着了，请不要惊醒她，让她好好地睡一觉，我会在这儿陪着她，你放心，姨妈，我会把她照顾得好好的。"

雨秋觉得一阵热浪冲进了她的眼眶，一种松懈的、狂喜的情绪一下子罩住了她，使她整个身子和心灵都热烘烘的。

她伸过头去，从敞开的会客室的门口看进去，晓妍真的睡着了。她小小的身子躺在那宽大的沙发上，身子盖着子健的外衣。她的头向外微侧着，枕着软软的靠垫。她面颊上还依稀有着泪光，她哭过了。但是，她现在的唇边是带着笑的，她睡得好香好沉好安详，雨秋从没有看到她睡得这样安详过。

"好的，"她点点头，对子健语重心长地说，"我把她交给你了，好好地照顾她。"

"我会的，姨妈。"

俊之走了过来，拍拍还在冒气的咖啡壶。对子健说，"你会需要热咖啡，等她醒过来，别忘记给她也喝一杯。"

"好的，爸，"子健说，"妈那儿，你帮我掩饰一下，否则，一夜不归，她会说上三天三夜。"

俊之对儿子看了一眼，眼光是奇特的。然后，他转身带着雨秋，从边门走出了云涛。迎着外面清朗的、夏季的、深夜的凉风，两人都同时深吸了一口气。

"发一下神经好不好？"他问。

"怎样？"

"让我们不要坐车，就这样散步走到你家。"

"别忘了，"她轻语，"你儿子还要你帮他掩饰呢！"

"掩饰什么？"他问，"恋爱是正大光明的事，不需要掩饰的，我们走吧！"于是，踏着夜色、踏着月光、踏着露水濡湿的街道、踏着街灯的影子、踏着凌晨的静谧，他们手挽着手，向前缓缓地走去。

当晓妍醒来的时候，天早已大亮了，阳光正从窗帘的隙缝中射进来，在室内投下了一条明亮的、闪烁的、耀眼的金光。晓妍睁开眼睛，一时间，她有些儿迷糊，不知道自己正置身何处。然后，她看到了子健，他坐在她面前的地毯上，双手抱着膝，睁着一对大大的、清醒的眸子，静静地望着她，她惊悸了一下，用手拂拂满头的短发，她愕然地说："怎么……我……怎么在这儿？"

"晓妍，"他温柔地呼唤了一声，拂开她遮在眼前的发鬓，抓住她的手，"你睡着了，我不忍心叫醒你，所以，我在这儿陪了你一夜。"

她凝视他，眼睛睁得大大的，昨夜发生的事逐渐在她脑海里重演，她记起来了。她已把所有的事都告诉了子健，包括那件"坏事"。她打了个冷战，阳光那样好，她却忽然瑟缩了起来。

"啊呀，"她轻呼着，"你居然不叫醒我！我一夜没回家，姨妈会急死了。"她翻身而起。

"别慌，晓妍。"他按着她，"你姨妈知道你在这儿，是她叫我陪着你的。""哦！"她低应一声，悄悄地垂下头去，不安地用手指玩弄着牛仔裤上的小花，"我……我……"她嗫嚅着，很快地扫了他一眼，"你……你……你一夜都没有睡觉吗？你……怎么不回去？"

"我不想睡，"他摇摇头，"我只要这样看着你。"他握紧她的手："晓妍，抬起头来，好吗？"

她坐在沙发上，头垂得更低了。

"不。"她轻声说。

"抬起头来！"他命令，"看着我！晓妍。"

"不。"她继续说，头垂得更低更低。她依稀记得昨晚的事，自己曾经一直述说，一直述说，一直述说……然后，自己哭了，一面哭，一面似乎说了很多很多的话，关于自己"有多坏，有多坏，有多坏！"她记得，他吃惊过、苦恼过、沉默过。可是，后来，他却用手环抱住她，轻摇着她，对她耳边低低地絮语，温存而细致地絮语。他的声音那样低沉，那样轻柔，那样带着令人镇静的力量。于是，她松懈了下来，累了，倦了，她啜泣着，啜泣着……就这样睡着了。一夜沉酣，无梦无忧，竟不知东方之既白！现在，天已经大亮了，那具有催眠力量的夜早已过去，她竟不敢迎接这个白昼与现实了。

她把头俯得那样低，下巴紧贴着胸口，眼睛看着衬衫上的扣子。心里迷迷糊糊地想着：怎么？她没有失去他？怎么？他居然不把她看成一个"堕落的、毁灭的、罪恶的"女孩吗？怎么可能？怎么可能？？怎么可能？？？

"抬起头来！"他再说，声音变得好柔和，"晓妍，我有话要对你说。"

"不，不，不。"她惊慌地低语，"不要说，不要说，不要说。"

"我要说的，"他用手托起了她的下巴，强迫她面对着自己。于是，他看到了一张那样紧张而畏怯的小脸，那样一对羞涩而惊悸的大眼睛。他的心灵一阵激荡、一阵抽搐、一阵战栗。噢，晓妍，他那天不怕、地不怕，终日神采飞扬的女孩，怎会变得如此柔弱？他深抽了口气，低语着说："我要说的话很简单，晓妍，你也非听不可。让我告诉你：我爱你！不管你过去的历史，不管一切！我爱你！而且，"他一字一字地说，"你是个好女孩！天下最好的女孩！"

她瞪着他，不信任地瞪着他。

"我会哭的。"她说，泪光闪烁，"我马上要哭了，你信不信？"

"你不许哭！"他说，"昨晚，你已经哭了太多太多，从此，你要笑，你要为我而笑。"

她瞅着他，泪盈于睫。唇边，却渐渐地漾开一个笑容，一个可怜兮兮的、楚楚动人的笑容。那笑容那样动人、那样柔弱、那样诱惑……他不能不迎上去，把自己的嘴唇轻轻地，轻轻地，轻轻地盖在那个笑容上。

她有片刻端坐不动，然后，她喉中发出一声热烈的低喊，就用两手紧紧地箍住了他的脖子，她的身子从沙发上滑了下来，他们滚倒在地毯上。紧拥着，他们彼此怀抱着彼此、彼此紧贴着彼此、彼此凝视着彼此……在这一刹那，天地俱失，万物成灰，从亘古以来，人类重复着同样的故事，心与心的撞击，灵魂与灵魂的低语，情感与情感的交融。

半晌，他抬起头来。她平躺在地上，笑着，满脸的笑，却也有满脸的泪。

"我说过，不许再哭了！"他微笑地盯着她。

"我没哭！"她扬着眉毛，泪水却成串地滚落，"眼泪吗？那是笑出来的！"她的手重新环绕过来，揽住了他的脖子，她的眼珠浸在泪雾之中，发着清幽的光亮："可怜的贺子健！"她喃喃地说。

"可怜什么？"他问。

"命运让你认识了我这个坏女孩！"她低语。

"命运带给了我一生最大的喜悦！让我认识了你这个——坏女孩！"

他再俯下头来，静静地、温柔地吻住了她，室内的空气暖洋洋的，阳光从窗隙中射进来，明亮、闪烁，许多跳跃的光点。终于，她翻身而起。兴奋、活跃、喜悦，而欢愉。

"几点钟了？"她问。

他看看手表。

"八点半，张经理他们快来上班了。"

"啊呀，"她叫了一声，"今天是星期几？"

"星期三。"

"我十点钟要学琴！"她用手掠了掠头发，"不行，我要走了！你今天没课吗？"

"别管我的课，我送你去学琴。"他说。

她站在他面前，用手指抚摸他的下巴，她光洁的面庞正对着他，眼光热烈而爱怜地凝视着他。

"你没刮胡子，"她低语，"你的眼睛很疲倦，你一夜没有睡觉，我不要你陪我去学琴，我要你回家去休息。"她把面颊在他胸前依偎了片刻。"我听到你的心在说话，它在和我辩辩！它在说：我不累，我一点都不累，我的精神好得很！哦，"她轻笑着，抬起睫毛来看着他，她眼底是一片深切的柔情，和一股慧黠的调皮，"你有一颗很会撒谎的心，一颗很坏很坏的心！"

"这颗很坏很坏的心里，什么都没有，只装着一个很好很好的女孩！"他说，低下头去，很快地捉住她的唇，然后，他把她紧拥在怀里。"天！"他说，"宇宙万物，以及生命的意义，在这一刻才对我展示，它只是一个名字：戴晓妍！"

她用手指玩弄着他的衣纽。

"我还是不懂，你为什么选择了我？"她问，"在你那个杜鹃花城里，不是有很多功课好、学问好、品德好、相貌好，各方面都比我好的女孩子吗？"

"只是，那些好女孩中，没有一个名叫戴晓妍。"他说，满足地低叹，"命运早就安排了人类的故事，谁叫你那天早上，神气活现地跑进云涛？"

"谁叫你乱吹口哨？"

"谁叫你穿迷你裙？"

"姨妈说我有两条很好看的腿，她卖掉了一个玉镯子，才给我买了那套衣服。"

"从今以后，请你穿长裤。"他说。

"为什么？"

"免得别人对你吹口哨。"

她望着他，笑了。抱紧了他，她把头在他胸前一阵乱钻乱揉，她叫着说："再也没有别人了，再也不会有别人了！我心里，不不，我生命里，只能有你一个！你已经把我填得满满满满了！哦！子健！"她喊，"我多爱你！多爱你！多爱

你！多爱你！我是不害羞的，因为我会狂叫的！"她屏息片刻，仰起头来，竟又满面泪痕："子健，"她低语，"我曾经以为，我这一生，是不会恋爱的。"

给她这样坦率地一叫一闹，他心情激荡而酸楚，泪光不自禁地在他眼里闪亮。"晓妍，"他轻唤着她的名字，"晓妍，你注定要恋爱，只是，要等到遇见我以后。"

他们相对注视，眼睛，常常比人的嘴巴更会说话，他们注视了那么久，那么久，直到云涛的大门响了，张经理来上班了，他们才惊觉过来。

"我们走吧！"子健说。

走出了云涛，满街耀眼的阳光，车水马龙的街道，热闹的人群，蔚蓝的天空，飘浮的白云……世界！世界怎能这样美呢？晓妍仰望着天，有一只鸟，两只鸟，三只鸟……哦，好多好多鸟在飞翔着，她喜悦地说："子健，我们也变成一对鸟，加入它们好吗？"

"不好。"子健说。

"怎么？"她望着他。

"因为，我不喜欢鸟的嘴巴，"他笑着低语，"那么尖尖的，如何接吻呢？""啊呀！"她叫，"你真会胡说八道！"

他笑了。阳光在他们面前闪耀，阳光！阳光！阳光！他想欢呼，想跳跃，欢呼在阳光里，跳跃在阳光里。转过头来，他对晓妍说："让我陪你去学琴吧！"

"不行！"她摇头，固执地，"你要回家去睡觉，如果你听话，晚上我们再见面，六点钟，我到云涛来，你请我吃咖喱鸡饭。"

"你很坚持吗?"他问,"一定不要我陪吗?"

"我很坚持。"她扬起下巴,"否则,我一辈子不理你!"

他无可奈何地耸耸肩。

"我怕你。"他说,"你现在成为我的女神了。好,我听话,晚上一定要来!"

"当然。"她嫣然一笑,好甜好甜。然后,她招手叫了一辆出租车。对他挥了挥手,她的笑容漾在整个阳光里,钻进车子,她走了。

目送她的车子消失在街道的车群中,再也看不见了,他深吸了口气。奇怪,一夜无眠,他却丝毫也不感到疲倦,反而像有用不完的精力,在他体内奔窜。他转过身子,沿着人行道向前走去,吹着口哨。电线杆上挂着一个气球,不知是哪个孩子放走了的。他跳上去,抓住了气球,握着气球的绳子,他跳跃着往前走,行人都转头看着他,他不自禁地失笑了起来,松开手,那气球飞走了,飞得好高好高,好远好远,飞到金色的阳光里去了。

回到家里,穿过那正在洒水的花园,他仍然吹着口哨,"跳"进了客厅。迎面,母亲的脸孔一下子把他拉进了现实,婉琳的眼光里带着无尽的责备,与无尽的关怀。

"说说看,子健,"婉琳瞪着他,"一夜不回家是什么意思?如果你有事,打个电话回来总可以吧?说也不说,就这样失踪了,你叫我怎么放心?"

"哦!"子健错愕地哦了一声,转着眼珠,"难道爸爸没告诉你吗?"

"爸爸!"婉琳的眼神凌厉,她的面孔发青,"如果你能告诉我,你爸爸在什么地方,我或者可以去问问他,你去了什么地方?"

"噢!"子健蹙起眉头,有些弄糊涂了,"爸爸,他不在家吗?"

"从他昨天早上出去以后,我就没有看到过他!"婉琳气呼呼地说,"你们父子到底在做些什么?你最好对我说个明白,假若家里每个人都不愿意回家,这个家还有什么意义?你说吧!你爸爸在哪里?"

子健深思着,昨晚是在云涛和父亲分手的,不,那已经是凌晨了,当时,父亲和雨秋在一起。他蹙紧眉头,咬住嘴唇。

"说呀!说呀!"婉琳追问着,"你们父子既然在一起,那么,你爸爸呢?""我不知道爸爸在哪里。"子健摇了摇头,"真的不知道。"

"那么,你呢?你在哪里?"

"我……"子健犹豫了一下,这话可不是三言两语说得清楚的,"哦,妈,我一夜没睡觉,我要去睡一下,等我睡醒再说好吗?"

"不行!"婉琳拦在他面前,眼眶红了,"子健,你大了,你成人了,我管不着你了,只是,我到底是你妈,是不是?你们不能这样子……"她的声音哽塞了,"我一夜担心,一夜不能睡,你……你……"

"哦，妈！"子健慌忙说，"我告诉你吧！我昨夜整夜都在云涛，并没有去什么坏地方。"

"云涛？"婉琳诧异地张大眼睛，"云涛不是一点钟就打烊了吗？"

"是的。"

"那你在云涛做什么？"

"没做什么。"子健又想往里面走。

"站住！"婉琳说，"不说清楚，你不要走！"

"好吧！"子健站住了，清清楚楚地说，"我在云涛，和一个女孩子在一起，剩下的事，你去问爸爸吧！"

"和一个女孩子在一起？"婉琳尖叫了起来，"整夜吗？你整夜单独和一个女孩子在云涛？你发疯了！你想闯祸是不是？那个女孩子没有家吗？没有父母？没有人管的吗？肯跟你整夜待在云涛，当然是个不正经的女孩子了！你昏了头，去和这种不三不四的女孩子胡闹？如果闯了祸，看你怎么收拾……"她的话像倒水一般，滔滔不绝地倾了出来。

"妈！"子健喊，脸色发白了，"请你不要乱讲，行不行？什么不三不四的女孩子，我告诉你，她是我心目中最完美、最可爱的女孩。你应该准备接受她，因为，她会成为我的妻子！"

"什么？"婉琳的眼睛瞪得好大好大，"一个和你在云涛鬼混了一夜的女孩子……"

"妈！"子健大声喊，一夜没睡觉，到现在才觉得头昏脑涨，"我们没有鬼混！"

"没有鬼混？那你们做了些什么？"

"什么都没做！"

"一个女孩子，和你单独在云涛过了一夜，你们什么都没做！"婉琳点点头，"你以为你妈是个白痴，是不是呀？那个小太妹……"

"妈！"子健尽力压抑着自己要爆发的火气，"你没见过她，你不认得她，不要乱下定语，她不是个小太妹！我已经告诉你了，她是世界上最完美的女孩！"

"最完美的女孩绝不会和你在外面单独过夜！"婉琳斩钉截铁地说，"你太小了，你根本不懂得好与坏，你只是一个小孩子！"

"妈，我今年二十二岁，你二十二岁的时候，已经生了我了。"

"怎么样呢？"婉琳不解地问。

"不要再把我看成小孩子！"子健大吼了一句。

婉琳被他这声大吼吓了好大的一跳，接着，一种委屈的、伤心的感觉就排山倒海般地对她卷了过来，她跌坐在沙发里，怔了两秒钟，接着，她从腋下抽出一条小手帕，捂着脸，就呜呜咽咽地哭了起来。子健慌了，他走过来，拍着母亲的肩膀，忍耐地、低声下气地说："妈，妈，不要这样，妈！我没睡觉，火气大，不是安心要吼叫，好了，妈，我道歉，好不好？"

"你……你大了，雨柔……也……也大了，"婉琳边哭边说，越说就越伤心了，"我……我是管不着你们了，你……你爸爸，有……有他的事业，你……你和雨柔，有……有你们的天地，我……我有什么呢？"

"妈，"子健勉强地说，"你有我们全体呀！"

"我……我真有吗？"婉琳哭诉着，"你爸爸，整天和我说不到三句话，现……现在更好了，家……家都不回了，你……你和雨柔，也……也整天不见人影，我……我一开口，你们都讨厌，巴不得逃得远远的，我……我有什么？我只是个讨人嫌的老太婆而已！"

"妈，"子健说，声音软弱而无力，"你是好妈妈，你别伤心，爸爸一定是有事耽搁了，事实上，我和爸爸分开没有多久……"他沉吟着，跳了起来，"我去把爸爸找回来，好不好？"

婉琳拿开了捂着脸的手帕，望着子健。

"你知道你爸爸在什么地方？"

"我想……"他赔笑着，"在云涛吧！"

"胡说！"婉琳骂着，"你回来之前，我才打过电话去云涛，张经理说，你爸爸今天还没来过呢！"

"我！我想……我想……"他的眼珠拼命转着，"是这样，妈，昨晚，有几个画家在云涛和爸爸讨论艺术，你知道画家们是怎么回事，他们没有时间观念，也不会顾虑别人……他们都是……都是比较古怪、任性和不拘小节的人，后来他们和爸爸一起走了，我想，他们准到哪一个的家里去喝酒，畅谈终夜了。妈，你一点也不要担心，爸爸一夜不回家，这也不是第一次！"

"不回家也没什么关系，"婉琳勉强接受了儿子的解释，"和朋友聊通宵也不是没有的事情，好歹也该打个电话回家，免得人着急呀！又喜欢开快车，谁知道他有没有出事呢？"

"才不会呢！"子健说，"你不要好端端地咒他吧！"

"我可不是咒他，"婉琳是迷信的，立刻就紧张了起来，"我只是担心！他应该打电话回来的！"

"大概那个画家家里没电话！"子健说，"你知道，画家都很穷的。"

婉琳不说话了，低着头，她只是嘟着嘴出神。子健趁此机会，悄悄地溜出了客厅。离开了母亲的视线，他才长长地吐出一口气来。站在门外，他思索了片刻，父亲书房里有专线电话，看样子，他必须想办法把父亲找回来。他走向父亲的书房，推开门走了进去。

一个人猛然从沙发中站起来，子健吓了一跳，再一看，是雨柔。他惊奇地说："你在爸爸书房里干什么？"

雨柔对墙上努了努嘴。

"我在看这幅画。"她说。

他看过去，是雨秋的那幅《浪花》，这画只在云涛挂了一天，就被挪进了父亲这私人的小天地。子健注视着这画，心中电光石火般闪过许许多多的念头：父亲一夜没有回家，昨夜雨秋和父亲一起走出云涛，雨秋的画挂在父亲书房里，他们彼此熟不拘礼，而且直呼名字……他怔怔地望着那画，呆住了。

"你也发现这画里有什么了吗？"雨柔问。

"哦，"他一惊，"有什么？"

"浪花。"雨柔低声念。

"当然啦，"子健说，"这幅画的题目就是浪花呀！"

"新的浪冲激着旧的浪，"雨柔低语，"浪花是永无止歇的，生命也永不停止。所以，朽木中嵌着鲜花，成为强烈的对比。我奇怪这作者是怎样一个人？"

"一个很奇异、很可爱的女人！"子健冲口而出。

雨柔深深地看了子健一眼。

"我知道，那个女画家！那个危险的人物，哥哥，"她轻声地说，"我们家有问题了。"

子健看着雨柔，在这一刹那，他们兄妹二人心灵相通，想到的是同一问题。然后，雨柔问："你来爸爸书房里干什么？"

"我要打一个电话。"

"不能用你房里的电话机？"雨柔扬起眉，"怕别人偷听？那么，这必然是个私人电话了？我需不需要回避？"

子健做了一个阻止的手势，走过去锁上了房门。

"你留下吧！"他说。

"什么事这么神秘？"

子健望望雨柔，然后，他径自走到书桌边，拨了雨秋的电话号码，片刻后，他对电话说："姨妈，我爸爸在你那儿吗？"

"是的，"雨秋说，"你等一下。"

俊之接过了电话。子健说："爸爸，是我请你帮我掩饰的，但是，现在我已经帮你掩饰了。请你回来吧！好吗？"

挂断了电话，他望着雨柔。

"雨柔，"他说，"你恋爱过吗？"

雨柔震动了一下。

"是的。"她说。

"正在进行式？还是过去式？"他问。

"正在进行式。"她答。

"那么，你一定懂了。"他说，"我们请得回爸爸的人，不见得请得回爸爸的心了。"

第五章

俊之回到了家里。

同样地，他有个神奇的、不眠的夜。散步到雨秋的家，走得那么缓慢，谈得那么多，到雨秋家里时，天色已经蒙蒙亮了。雨秋泡了两杯好茶，在唱机上放了一沓唱片，他们喝着茶，听着音乐，看着窗外晓色的来临。当朝阳突破云层，将绽未绽之际，天空是一片灿烂的彩色光芒，雨秋突然说，她要把这个黎明抓住。于是，她迅速在画板上钉上画纸，提起笔来画一张水彩。这是他第一次看她作画，他不知道她的速度那样快，一笔笔鲜明的彩色重叠地堆上了画纸，他只感到画面的零乱，但是，片刻后，那些零乱都结合成一片神奇的美。当她画完，他惊奇地说："我不知道你画画有这样的速度！"

"因为，黎明稍纵即逝，"她微笑着回答，"它不会停下来等你！"

他凝视她，那披散的长发，衬衫，长裤，她潇洒得像个孩子。席地而坐，她用手抱着膝，眼底有一抹温柔而醉人的温馨，她开始说："从小我爱画，最小的时候，我把墙壁当画纸，不知道挨了父母多少打。高中毕业，考进师大艺术系，如愿以偿，我是科班出身。但是，我的画，并不见得多好，我常想抓住一个刹那，甚至，抓住一份感情，一支单纯的画笔，怎能抓住那么多东西？但，我非抓住不可。这就是我的苦恼，创作的过程，并不完全是喜悦，往往，它竟是一种痛苦，这，是很难解释的。"

"我了解。"他说。

她凝视他。

"我画了很多画，你知道吗？俊之，你是第一个真正了解我的画的人！当你对我说，我的画是在画思想，是在灰色中找明朗，在绝望中找希望，当时，我真想流泪。你应该再加一句，我还经常在麻木中去找感情！"

他紧紧地盯着她。

"找到了吗？"他问。

"你明知道的。"她答，"那个黄昏，我走进云涛，你出来迎接我，我对自己说：完了！他太世俗，他不会懂得你的画！当你对我那张浪花发呆的时候，当你眼睛里亮着光彩的时候，我又对自己说：完了！他太敏锐，他会看穿你的画和你的人。"

她仰望他，把手指插进头发里，微笑着："俊之，碰到了你，是我们的幸运还是不幸？"

"怎么讲？"

"告诉你，我一生命运坎坷，我不知道是我不对劲，还是这个世界不对劲，小时候，父母说我是个小怪物、小疯子，哥哥姐姐都不喜欢我。我是叛徒！长大了，我发现我和很多人之间都有距离——都有代沟，甚至和我的丈夫之间。我丈夫总对我说：别去追寻虚无缥缈的梦好不好？能吃得饱、穿得暖就不错了！我却偏不满足于吃得饱、穿得暖的日子。于是，我离了婚，你瞧，我既不容于父母，又不容于兄姐，再不容于丈夫，我做人是彻彻底底失败了。但是，我不肯承认这份失败，我仍然乐观而积极，追寻，追寻，在绝望中找希望，结果，我遇到了你。"

他瞅着她。

"雨秋，"他说，"我知道你所想的，你怕你抓住的只是一片无垠的浮萍，你怕我禁不起你的考验。你找希望，真有了希望，你却害怕了，雨秋，人类没有希望就不会有失望，是不是？你不能断定，这番相遇，到底会有怎样的结果，是不？"她默然片刻，然后，她笑了。

"你把我要讲的话都讲掉了，我还讲什么？"她问。

"你已经讲了太多的话，"他低语，"别再讲了，雨秋，我只能对你说一句，我要给你一个希望，绝不给你一个失望。"

她战栗了一下，低下头去。

"我就怕你讲这句话。"她说。

"怎么？"

她抬眼看他。

"答应我一件事。"

"什么事？"

"你先答应我，我再告诉你。"

"不。"他摇头，"你先告诉我，我才能答应你。"

"不行，你一定要先答应我！"她固执地说。

"你不讲理，如果你要我做一件我做不到的事，我怎么能答应你？"

"你一定做得到的事！"

"你不是在刁难我吧？"

"我是那种人吗？"

"那么，好吧，"他说，"我答应你。"

她凝视他，眼光深沉。

"我见过子健，"她说，"他是个优秀的孩子，我没见过雨柔，我猜她一定也是个可爱的女孩，我也没见过你的妻子……"她顿了顿，"可是，我知道，你有一个幸福的家庭。最起码，在外表上，在社会的观点上，是相当幸福的。我只请求你一件事，不论在怎样的情形下，你不要破坏了这份幸福，那么，我就可以无拘无束地、没有负担地和你交朋友了。"

他紧盯着她。

"这番话不像你讲出来的。"他说。

"因为我是一个叛徒？"她问，"不要以为我是一个叛徒，我就会希望我身边每个人都成为叛徒！"

他注视着她，默然沉思。

"雨秋，事情并不像你想象的那样简单。"

"我不和你辩论，"她很快地说，"你已经答应了我，请你不要违背你的诺言！"

"你多矛盾，雨秋！"他说，"你最恨的事情是虚伪，你最欣赏的是真实，为了追求真实，你不惜于和社会作战，和你父母亲人作战，而现在，你却要求我——不要去破坏一份早已成为虚伪的幸福？你知不知道，为了维持这份虚伪，我还要付出更多的虚伪？因为我已经遇到了你！我不能再变成以前的我，我不能……"

"俊之！"她轻声地唤了一声，打断了他的话头，她眼里有份深切的挚情，"有你这几句话，对我而言，已是稀世珍宝。我说了，我不辩论，我也不讲道理。俊之，你一个人的虚伪，可以换得一家人的幸福，你就虚伪下去吧！人生，有的时候也需要牺牲的。"

"你是真心话吗？"他问，"雨秋，你在试探我，是不是？你要我牺牲什么？牺牲真实？"

"是的，牺牲真实。"她说。

"雨秋，你讲这一篇话，是不是也在牺牲你的真实？"他的语气不再平和，"告诉我，你对爱情的观点到底是怎样的？"

她瑟缩了一下。

"我不想谈我的观点！"

"你要谈！"

"我不谈！"

他抓住她的手臂，眼睛紧盯着她，试着去看进她的灵魂深处。

"我以为，爱情是自私的，"他说，"爱情是不容第三者分享的！你对我做了一个奇异的要求，要求我不对你作完整的……"

电话铃响了，打断了俊之的话，雨秋拿起听筒，是子健打来的，她把听筒交给俊之，低语了一句："幸福在呼唤你！"

挂断电话以后，他看着雨秋，雨秋也默默地看着他。他们的眼睛互诉着许许多多难言的言语。然后，雨秋忽然投进了他的怀里，环抱着他的腰，她把面颊紧贴在他胸前，他垂下眼睛，望着那长发披散的头颅，心里掠过一阵苦涩的酸楚，他抚摸那长发，把自己的嘴唇紧贴在那黑发上。

片刻，她离开他，抬起头来，她眼里又恢复了爽朗的笑意，打开大门，她洒脱地说："走吧！我不留你了！"

"我们的话还没有谈完，"他说，"我会再来继续这篇谈话。"

"没意思，"她摇摇头，"下次你来，我们谈别的。"

她关上了大门，于是，他回到了"家"里，回到了"幸福"里。

婉琳在客厅里阻住了他。

"俊之，"她的脸色难看极了，眼睛里盛满了责备和委屈，"你昨夜到哪里去了？"

"在一个朋友家，"他勉强地回答，"聊了一夜的天，我累了，我要去躺一下。"

他的话无意地符合了子健的谎言，婉琳心里的疙瘩消失了一大半，怒气却仍然没有平息。

"为什么不打电话回来说一声？让人家牵肠挂肚了一整夜，不知道你出了什么事情？现在你是忙人了，要人了，应酬多，事情多，工作多，宴会多……你就去忙你的事情吧，这个家是你的旅馆，高兴回来就回来，不高兴回来就不回来，连打个电话都不耐烦。其实，就算是旅馆，也没有这么方便，出去也得和柜台打个招呼。你整天人影在什么地方，我是知都不知道。有一天我死在家里，我相信你也是知都不知道……"

俊之靠在沙发上，他带着一种新奇的感觉，望着婉琳那两片活跃的、嚅动的、不断开合着的嘴唇。然后，他把目光往上移，注视着她的鼻子、眼睛、眉毛、脸庞，和那烫得短短的头发。奇怪，一张你已经面对了二十几年的脸，居然会如此陌生！好像你从来没有见过，从来没有认识过！他用手托着头，开始仔细地研究这张脸孔，仔细地思索起来。

二十几年前，婉琳是个长得相当漂亮的女人，白皙，纤柔，一对黑亮的眸子。在办公厅里当会计小姐，弄得整个办公厅都轰动起来。她没有什么好家世，父亲做点小生意，母亲早已过世，她下面还有弟弟妹妹，她必须出来做事赚钱。他记得，她的会计程度糟透了，甚至弄不清楚什么叫借方，什么叫贷方，什么叫借贷平衡。但是，她年轻、她漂亮、她爱笑，又有一排好整齐的白牙齿。全办公厅的单身汉都主动帮她做事，他，也是其中的一个。

追求她并不很简单，当时追求她的人起码有一打。他追求她，与其说是爱，还不如说是好胜。尤其，杜峰当时说过一句话:"婉琳根本不会嫁给你的!你又没钱,又没地位,又不是小白脸,你什么条件都没有!"

是吗?他不服气,他非追到婉琳不可。一下决心,他的攻势就又猛又烈,他写情书、订约会,每天有新花样,弄得婉琳头昏脑涨,终于,他和婉琳结了婚。新婚时,他有份胜利的欣喜,却没有新婚的甜蜜。当时,他也曾问婉琳:"婉琳,你爱我吗?"

"不爱怎么会嫁你?"婉琳冲了他一句。

"爱我什么地方?"他颇为兴致缠绵。

"那——我怎么知道?"她笑着说,"爱你的傻里傻气吧!"

他从不认为自己傻里傻气,被她这么一说,他倒觉得自己真有点傻里傻气了。结婚,为什么结婚?他都不知道。然后,孩子很快地来了,他辞去公务员的职位,投身于商业界,忙碌,忙碌,忙碌,每天忙碌。奔波,奔波,奔波,每天奔波。他再也没问过婉琳爱不爱他,谈情说爱,似乎不属于夫妇,更不属于中年人。婉琳是好太太,谨慎持家,事无巨细,都亲自动手。中年以后,她发了胖,朋友们说,富态点儿,更显得有福气。他注视着她,白皙依然,却太白了。眉目与当初都有些儿走样,眼睛不再黑亮,总有股懒洋洋的味儿,眼皮浮肿,下巴松弛……不不,你不能因为一个女人,跟你过了二十几年的日子,苦过、累过、劳碌过、生儿育女过,然后,从少女走入了中年,不复昔日的美丽,你因此就不再爱她了!他甩甩头,觉得自己的思想又卑鄙又可耻。但是,到底,自己曾经爱过她哪一点?到底,他们在思想上、兴趣上，什么时候沟通过？他凝视着她，困惑了，出神了。

"喂喂，"婉琳大声叫着，"我和你讲了半天话，你听进去了没有？你说，我们是去还是不去？"

他惊醒过来，瞪着她。

"什么去还是不去？"他愕然地问。

"哎呀！"婉琳气得直翻眼睛，"原来我讲了半天，你一个字都没听进去？你在想些什么？"

"我在想……"他说，"婉琳，你跟了我这么些年，二十几？二十三年的夫妻了，你有没有想过，你到底爱不爱我？"

"啊呀！"婉琳睁大了眼睛，失声地叫，然后，她走过来，用手摸摸俊之的额角，"没发烧呀，"她自言自语地说，"怎么说些没头没脑的话呢！"

"婉琳，"俊之忍耐地、继续地说，"我很少和你谈话，你平常一定很寂寞。"

"怎么的呀！"婉琳扭捏起来了，"我并没有怪你不和我谈话呀！老夫老妻了，还有什么好谈呢？寂寞？家里事也够忙的，有什么寂寞？我不过喜欢嘴里叫叫罢了，我知道你和孩子们都各忙各的，我叫叫，也只是叫叫而已，没什么意思的。你这样当件正经事似的来问我，别让孩子们听了笑话吧！"

"婉琳，"他奇怪地望着她，越来越不解，这就是和他共同生活了二十三年的女人吗，"你真的不觉得，婚姻生活里，包括彼此的了解和永不停止的爱情吗？你有没有想过，我需要些什么？"

婉琳手足无措了。她看出俊之面色的郑重。

"你需要的，我不是每天都给你准备得好好的吗？早上你爱吃豆浆，我总叫张妈去给你买，你喜欢烧饼油条，我也常常叫张妈买，只是这些日子我不大包饺子给你吃，因为你总不在家吃饭……"

"婉琳！"俊之打断了她，"我指的不是这些！"

"你……你还需要什么？"婉琳有些嗫嚅，"其实，你要什么，你交代一声不就行了？我总会叫张妈去买的！要不然，我就自己去给你办！"

"不是买得来的东西，婉琳。"他蹙紧了眉头，"你有没有想过心灵上的问题？"

"心灵？"婉琳的眼睛瞪得更大了，微张着嘴，她看来又笨拙又痴呆，"心灵怎么了？"她困惑地问，"我在电视上看过讨论心灵的节目，像奇幻人间啦，我……我知道，心灵是很奇妙的事情。"

俊之注视了婉琳很长很长的一段时间，闭着嘴，他只是深深地、深深地看着她。心里逐渐涌起一阵难言的、刻骨铭心般的哀伤。这哀伤对他像一阵浪潮般淹过来，淹过来，淹过来……他觉得快被这股浪潮所吞噬了。他眼前模糊了，一个女人，一个和他共同生活了二十三年的女人！二十三年来，他们同衾共枕，他们制造生命，他们生活在一个屋顶底下。但是，他们却是世界上最陌生的两个人！代沟！雨秋常用代沟两个字来形容人与人间的距离。天，他和婉琳，不是代沟，沟还可以跳过去，再宽的沟也可搭座桥梁，他和婉琳之间，却有一片汪洋大海啊！

"俊之，俊之，"婉琳喊，"你怎么脸色发青？眼睛发直？你准是中了暑，所以尽说些莫名其妙的话，台湾这个天气，说热就热，我去把卧室里冷气开开，你去躺一躺吧！"

"用不着，我很好，"俊之摇摇头，站起身来，"我不想睡了，我要去书房办点事。"

"你不是一夜没睡吗？"婉琳追着问。

"我可以在沙发上躺躺。"

"你真的没有不舒服吗？"婉琳担忧地问，"要不要我叫张妈去买点八卦丹？""不用，什么都不用！"他走到客厅门口，忽然，他又回过头来，"还有一句话，婉琳，"他说，"当初你为什么在那么多追求者中，选择了我？"

"哎呀！"婉琳笑着，"你今天怎么净翻老账呢？"

"你说说看！"他追问着。

"说出来你又要笑。"婉琳笑起来，眼睛眯成了一条缝，"我拿你的八字去算过，根据紫微斗数，你命中注定，一定会大发，你瞧，算命的没错吧，当初的那一群人里，就是你混得最好，亏得没有选别人！"

"哦！"他拉长声音哦了一句。然后，转过身子，他走了。

走出客厅，他走进了自己的书房里，关上房门，他默默地在书桌前坐了下来。他坐着，一直坐着，沉思着，一直沉思着。然后，他抬起头来，看着对面墙上，挂着的那张《浪花》，雨秋的浪花，用手托着下巴，他对那张画出神地凝视着。半晌，他走到酒柜边，倒了一杯酒，折回到书桌前面，啜着酒，他继续地沉思。终于，他拿起电话听筒，拨了雨秋的号码。

雨秋接电话的声音，带着浓重的睡意。

"喂？哪一位？"

"雨秋，"他说，"我必须打这个电话给你，因为我要告诉你，你错了。"

"俊之，"雨秋有点愕然，"你到现在还没睡觉吗？"

"睡觉是小问题，我要告诉你，你完全错了。"他清晰地、稳重地、一字一字地说，"让我告诉你，在我以往的生命里，从来没有获得过幸福，所以，我如何去破坏幸福？如何破坏一件根本不存在的东西？"

"俊之！"她低声喊，"你这样说，岂不残忍？"

"是残忍，"他说，"我现在才知道，我一直生活在这份残忍里。再有，我不准备再付出任何的虚伪，我必须面对我的真实，你——"他加强了语气，"也是！"

"俊之。"她低语，"你醒醒吧！"

"我是醒了，睡了这么多年，我好不容易才醒了！雨秋，让我们一起来面对真实吧！你不是个弱者，别让我做一个懦夫！行吗？"

雨秋默默不语。

"雨秋！"他喊，"你在听吗？"

"是的。"雨秋微微带点儿哽塞，"你不应该被我所传染，你不应该卷进我的浪花里，你不应该做一个叛徒！"

"我早已卷进了你的浪花里。"他说，"从第一次见到那张画开始。雨秋，我早已卷进去了。"他抬眼，望着墙上的画。

"而且，我永不逃避、永不虚伪、永不出卖真实！雨秋，"他低语，"你说，幸福在呼唤我，我听到幸福的声音，却来自你处！"说完，他立即挂断了电话。

伫立片刻，他对那张《浪花》缓缓地举了举杯，说了声："干杯吧！"

他一口气喝干了自己的杯子。

一连两个星期左右的期终考，忙得雨柔和子健都晕头转向，教授们就不肯联合起来，把科目集中在两三天之内考完，有的要提前考，有的要延后考，有的教授又喜欢弄一篇论文或报告来代替考试，结果学生要花加倍的时间和精力去准备。但是，无论如何，总算是放暑假了。

早上，雨柔已经计划好了，今天无论如何要去找江苇，为了考试，差不多有一个星期没看到他了。江苇，他一定又在那儿暴跳如雷，乱发脾气。奇怪，她平常也是心高气傲的，不肯受一点儿委屈，不能忍耐一句重话，只是对于江苇，她却一点办法也没有。他的倔强、他的孤高、他的坏脾气、他的任性、他的命令的语气……对她都是可爱的，都具有强大的吸引力，她没办法，别的男性在她面前已如粪土，江苇，却是一座永远屹立不倒的山峰。

下楼吃早餐的时候，早餐桌上既没有父亲，也没有子健，只有母亲一个人孤零零地坐在那儿发愣。一份还没打开的报纸，平放在餐桌上，张妈精心准备的小菜点心，和那特意为父亲买的豆浆油条，都在桌上原封未动。雨柔知道，子健近来正和秦雨秋的那个外甥女儿打得火热，刚放暑假，他当然不肯待在家里。父亲呢？她心里低叹了一声，秦雨秋，秦雨秋，你如果真像外传的那样洒脱不羁，像你的画表现得那么有思想和深度，你就该鼓励那个丈夫，回到家庭里来呵！

一时间，她对母亲那孤独的影子，感到一份强烈的同情和歉意，由于这份同情和歉意，使她把平日对母亲所有的那种反感及无奈，都赶到九霄云外去了。妈妈，总之是妈妈，她虽然唠叨一点，虽然不能了解你，虽然心胸狭窄一些，但她总是妈妈！一个为家庭付出了全部精力与心思的女人！雨柔轻蹙了一下眉，奇怪，她对母亲的尊敬少，却对她的怜悯多。

她甚至常常怀疑，像母亲这种个性，怎会有她这样的女儿？

"妈！"雨柔喊了一声，由于那份同情和怜悯，她的声音就充满了爱与温柔，"都一早就出去了吗？"她故作轻快地说："爸爸最近的工作忙得要命，云涛的生意实在太好。哥哥忙着谈恋爱，我来陪你吃饭吧！"

婉琳抬眼看了女儿一眼。眼神里没有慈祥、没有温柔，却充满了批判和不满。"你！"她没好气地说，"你人在这儿，心还不是在外面，穿得这么漂亮，你不急着出门才怪呢！你为什么把裙子穿得这么短？现在的女孩子，连羞耻心都没有了，难道要靠大腿来吸引男人吗？我们这种家庭……"

"妈妈！"雨柔愕然地说，"你在说些什么呀？我的裙子并不短，现在迷你裙是流行，我比一般女孩子都穿得长了，你到西门町去看看就知道了。"

"我就看不惯你们露着大腿的那副骚样子！怪不得徐中豪不来了呢，大概就被你这种大胆作风给吓跑了！"

"妈！"雨柔皱紧了眉头，"请你不要再提徐中豪好不好？我跟你讲过几百遍了，我不喜欢那个徐中豪，从他的头发到他的脚尖，从他的思想到他的谈吐，我完全不喜欢！"

"人家的家世多好，父亲是橡胶公司的董事长……"

"我不会嫁给他的家世！也不能嫁给他的橡胶对不对？"雨柔开始冒火了，声音就不自禁地提高了起来，"我不喜欢徐中豪，你懂吗？"

"那么，你干吗和人家玩呢？"

"哦，"雨柔睁大了眼睛，"只要和我玩过的男孩子，我就该嫁给他是不是？那么，我头一个该嫁给哥哥！"

"你在胡说八道些什么怪话呀！"婉琳气得脸发青。

"因为你从头到尾在说些莫名其妙的怪话，"雨柔瞪着眼睛，几分钟前，对母亲所有的那份同情与怜悯，都在一刹那间消失无踪，"所以，我只好和你说怪话！好了，你弄得我一点胃口也没有了，早饭也不吃了，让你一个人吃吧！"抓起桌上的报纸，她往客厅跑去。

"你跑！你跑！你跑！"婉琳追在后面嚷，"你等不及地想跑出去追男孩子！"

"妈！"雨柔站定了，她的眉毛眼睛都直了，愤怒的感觉像一把燎原的大火，从她胸腔里迅速地往外冒。"是的，"她点点头，打鼻孔里重重地出着气，"我要出去追男孩子，怎么样?"

"啊呀!"婉琳嚷着,下巴上的双下巴哆嗦着,她眼里浮起了泪光,"这是你说的呢!这是你说的!瞧瞧,我到底是你妈,你居然用这种态度对我,就算我是个老妈子,就算是对张妈,你们都客客气气的。但是,对我,丈夫也好,儿子也好,女儿也好,都可以对我大吼大叫,我……我……我在这家庭里,还有什么地位?"她抽出小手帕,开始呜呜咽咽地哭泣起来。

雨柔的心软了,无可奈何了,灰心丧气了,她走过去,把手温柔地放在母亲肩上,长叹了一声。

"妈妈,你别难过。"她勉强地说,"我叫张妈准备一桌菜,你去约张妈妈、杜妈妈她们来家里,打一桌麻将散散心吧,不要整天关在家里乱操心了。"

"这么说……"婉琳嗫嚅着,"你还是要出去。"

"对不起,妈,"她歉然地说,"我非出去不可。"

就是这样,非出去不可!一清早,俊之说他非出去不可,然后,子健说他非出去不可,现在,轮到雨柔非出去不可。唯一能够不出去的,只有她自己。婉琳萧索地跌坐在沙发里,呆了。雨柔站在那儿,一时间,有些不知该如何是好,马上出去,于心不忍,留在这儿,等于是受苦刑。正在这尴尬当儿,张妈走进来说:"小姐,有位先生找你!"

准是徐中豪,考最后一节课的时候,他就对她说了,一放假就要来找她。她没好气地说:"张妈,告诉他我不在家!"

"太迟了!"一个声音静静地接了口,"人已经进来了!"

雨柔的心脏一下子跳到了喉咙口，她对门口看过去，深吸了一口气，江苇！他正站在门口，挺立于夏日的阳光之中。

他穿着件短袖的蓝色衬衫，一条牛仔裤，这已经是他最整齐的打扮。他的浓发仍然是乱蓬蓬地垂在额前，一股桀骜不驯的样子。他那被太阳晒成古铜色的皮肤，在阳光下发亮，他额上有着汗珠，嘴角紧闭着，眼光是阴郁地、热烈地、紧紧地盯着她。雨柔喘口气，喊了一声："江苇！"

冲到门前，她打开玻璃门，急促而有些紧张地说，"你……你怎么来了？进……进来吧！江苇，你——见见我妈妈。"

江苇跨进了客厅，扑面而来的冷气，使他不自禁地耸了耸肩。雨柔相当地心慌意乱，实在没料到，他真会闯了来，更没料到，是这个时间，他应该在修车厂工作的，显然，他请假了。他就是这样子，他要做什么就做什么，你根本料不到，他就是这样子，我行我素而又不管后果。她转头看着母亲，由于太意外，太突然，又太紧张，她的脸色显得相当苍白。

"妈，"她有些困难地说，"这是江苇，我的朋友。"她回头很快地扫了江苇一眼："江苇，这是我妈。"

婉琳睁大了眼睛，瞠视着这个江苇，那浓眉、那乱发、那阴郁的眼神、那高大结实的身材、那褐色的皮肤、那毫不正式的服装，以及那股扑面而来的、刺鼻的"江苇"味！天哪，这是个野人！雨柔从什么地方，去认识了这样的野人呀！她呆住了。

江苇向前跨了一步，既然来了，他早就准备面对现实。他早已想突破这"侯门"深深深几许的感觉，他是雨柔的男朋友，他必须面对她的家庭，他倒要看看，雨柔的父母，是怎样三头六臂的人物？为什么雨柔迟迟不肯让他露面？他盯着婉琳，那胖胖的脸庞，胖胖的身材，细挑眉，白皮肤，年轻时一定很漂亮。只是，那眼光，如此怪异，如此惊恐，她没见过像自己这种人吗？她以为自己是来自太空的怪物吗？无论如何，她是雨柔的母亲！于是，他弯了弯腰，很恭敬地说了一声："伯母，您好。"

　　婉琳慌乱地点了点头，立刻把眼光调到雨柔身上。

　　"雨柔，你——你——"她结舌地说，"你这朋友，家住在哪儿呀？"

　　"我住在和平东路。"江苇立刻说，自动在沙发上坐了下来，"租来的房子，一小间，木板搭的，大概只有这客厅三分之一大。"他笑笑，露了露牙齿，颇带嘲弄性地，"反正单身汉，已经很舒服了。"

　　婉琳听得迷迷糊糊，心里只觉得一百二十个不对劲。她又转向雨柔。

　　"雨柔，你——你这朋友在哪儿读书呀？"

　　"没读书，"江苇又接了口，"伯母，您有什么话，可以直接问我。"

　　"哦！"婉琳的眼睛张得更大了，这男孩子怎么如此放肆呢？他身上颇有股危险的、让人害怕的、令人紧张的东西。她忽然脑中一闪，想起雨柔说过的话，她要交一个逃犯朋友！天哪！

这可能真是个逃犯呢！说不定是什么杀人犯呢！她上上下下地看他，越看越像，心里就越来越嘀咕。

"我没有读书，"江苇继续说，尽量想坦白自己，"读到高中就没有读了，服过兵役以后，我一直在做事。我父母早就去世了，一个人在社会上混，总要有一技谋生，所以，我学会了修汽车。从学徒干起，这些年，我一直在修车厂工作，假若您闻到汽油味的话，"他笑笑，"准是我身上的！我常说，汽油和我的血液都融在一起了，洗都洗不掉。"

"修……修……修车厂？"婉琳惊愕得话都说不清楚了，"你……你的意思是说，你——你是个学机械的？你是工程师？"

"工程师？"江苇爽朗地大笑，"伯母，我没那么好的资历，我也没正式学过机械，我说过了，我只念过高中，大学都没进过，怎能当工程师？我只是一个技工而已。"

"技……技工是……是什么东西？"婉琳问。

"妈！"雨柔急了，她向前跨了一步，急急地解释，"江苇在修车厂当技师，那只是他工作的一部分，主要的，他是个作家，妈，你看过江苇的名字吗？常常在报上出现的，长江的江，芦苇的苇。"

"雨柔！"江苇的语气变了，他严厉地说，"不要帮我掩饰，也不要让你母亲有错误的观念。我最恨的事情就是虚伪和欺骗！"

"江苇！"雨柔苦恼地喊了一声。江苇！你！你这个直肠子的、倔强的浑球！你根本不知道我母亲是怎样的人，你不知道她有多现实、多虚伪！你一定要自取其辱吗？她望着江苇，后者也正瞪视着她。于是，她在江苇眼睛里、脸庞上，读出了一份最强烈的、最坦率的"真实"！这也就是他最初打动她的地方，不要虚伪，不要假面具，不要欺骗！"人生是奋斗，是挣扎，奋斗与挣扎难道是可耻的吗？"江苇的眼睛在对她说话，她迅速地回过头来了，面对着母亲。

"妈，让我坦白告诉你吧！江苇是我的男朋友！"

"哦，哦，哦。"婉琳张着嘴，瞪视着雨柔。

"江苇在修车厂做工，"雨柔继续说，口齿清楚，她决定把一切都坦白出来，"如果你不知道技工是什么东西，我可以解释给你听，就是修理汽车的工人。爸爸车子出了毛病，每次就由技工来修理，这，你懂了吧！江苇和一般幸福的年轻人不同，他幼失父母，必须自食其力，他靠当技工来维持生活，但他喜欢写作，所以，他也写作。"

技工？工人？修车的工人？婉琳的嘴越张越大，眼睛也越瞪越大。工人？她的女儿和一个工人交朋友？这比和逃犯交朋友还要可怕！逃犯不见得出身贫贱，这江苇却出身贫贱！

哦哦，她不反对贫贱的人交朋友，却不能和雨柔交朋友！那是耻辱！

"伯母，您不要惊奇，"那个"江苇"开了口，"我之所以来您家拜访，是因为我和雨柔相爱了，我觉得，这不是一件应该瞒您的事情……"

"相爱？"婉琳终于尖叫了起来，她转向雨柔，尖声地喊了一句，"雨柔？"雨柔静静地望着母亲。

"是真的，妈妈。"她低语。

哦，哦！上帝！老天！如来佛！耶稣基督！观世音救苦救难活菩萨！婉琳心里一阵乱喊，就差喇嘛教和回教的神祇，因为她不知道该怎样喊。然后，她跳起来，满屋子乱转，想想看，想想看，这事该怎么办？要命！偏偏俊之又不在家！她站定了，望着那"工人"，江苇也正奇怪地看着她，她在干什么？满屋子转得像个风车？

婉琳咬咬牙，心里有了主意，她转头对雨柔说："雨柔，你到楼上去！我要和你的男朋友单独谈谈！"

雨柔用一对充满戒意的眸子望着母亲，摇了摇头。

"不！"她坚定地说，"我不走开！你有什么话，当我的面谈！"

"雨柔！"婉琳皱紧眉头，"我要你上楼去！"

"我不！"雨柔固执地说。

"雨柔，"江苇开了口，他的眼光温柔而热烈地落在她脸上，他的眼里有着坚定的信念、固执的深情，和温和的鼓励。"你上楼去吧，我也愿意和你母亲单独谈谈！"

雨柔担忧地看着他，轻轻地叫了一声："江苇！"

"你放心，雨柔，"江苇说，"我会心平气和的。"

雨柔再看了母亲一眼，又看看江苇，她点点头，低声地说了一句："你们谈完了就叫我！"

"谈完了当然会叫你的！"婉琳说，她已平静下来，而且胸有成竹了。雨柔看到母亲的脸色已和缓了，心里就略略地放了点心。反正，江苇会应付！她想。反正，事已临头，她只好任它发展。反正，全世界的力量，也阻止不了她爱江苇！

谈吧！让他们谈吧！她转身走出了客厅。

确定雨柔已经走开了，婉琳开了口："江先生，你抽烟吗？"她递上烟盒。

"哦，我自己有。"江苇慌忙说，怎么，她忽然变得这样客气？他掏出香烟，燃上了一支，望着婉琳，"伯母，您叫我名字吧，江苇。"

婉琳笑了笑，显得有些高深莫测起来。她自己心里，第一次发觉到自己的重要性——她要保护雨柔！她那娇滴滴的，只会做梦，不知人心险恶的小女儿！

"江先生，你怎么认识雨柔的？"她温和地问。

"哦！"江苇高兴了起来，谈雨柔，是他最高兴的事，每一件回忆都是甜蜜的，每一个片段都是醉人的，"是这样，我的一个朋友是雨柔的同学，有一次，他们开舞会，把我也拖去了，那已经是去年秋天的事了。雨柔知道我是江苇，她凑巧刚在报上看过我一篇小说，我们就聊起来了，越聊越投机，后来，就成了好朋友。""雨柔的那个同学当然对雨柔的家庭很清楚了？"她问。

"当然。"江苇不解地看着她，"雨柔的父亲，是云涛的创办者，这是大家都知道的事。"

果然，不出所料！婉琳立即垮下脸来。

"好了，江先生，"她冷冰冰地说，"你可以把来意说说清楚了！"

"来意?"江苇蹙紧眉头，"伯母，你是什么意思? 我的来意非常单纯，我爱雨柔，我不愿意和她偷偷摸摸地相恋，我愿意正大光明地交往，您是雨柔的母亲，我就应该来拜访您!"

"哼!"婉琳冷笑了，"如果雨柔的父亲，不是云涛的老板，你也会追求雨柔吗?"

江苇惊跳了起来，勃然变色。

"伯母，你是什么意思?"他瞪大眼睛问，一股恶狠狠的样子。

婉琳害怕了，这"工人"相当凶狠呢，看样子不简单，还是把问题快快地解决了好。

"江先生，"她很快地说，"我们就打开窗子说亮话吧，你在雨柔身上也下了不少功夫，你需要钱用，一切我都心里有数，你就开个价钱吧!"

江苇的眼睛瞪得那么大，那眼珠几乎从眼眶里跳了出来，他的呼吸急促而沉重，那宽阔的胸腔在剧烈地起伏着，他的脸色在一刹那间变得铁青。浓眉直竖，样子十分狰狞。他的身子俯近了婉琳，他一个字一个字地说："我不要你的臭钱，我要的是雨柔! 你少用小人之心度君子之腹，你以为我是什么人? 来敲诈你的! 你昏了头了! 你别逼我骂出粗话来!"

"哎哟!"婉琳慌忙跳开，"有话好好说，你可别动粗! 要钱，我们好商量。我们这种家庭，是经不得出丑的，你心里也有数，如果你想娶雨柔，你的野心就太大了，她再无知，

123

也不会嫁给一个工人，我和她父亲，也不会允许家里出这种丑，丢这种人！我们总还要在这社会里混下去呀！你别引诱雨柔了，她还是个小孩子呢！她也不会真心爱你的，她平日交往的，都是上流社会的大家子弟，她不过和你玩玩而已。你真和她出双入对，你叫她怎么做人？她的朋友、父母、亲戚都会看不起她了！你说吧！多少钱你肯放手，我们付钱！你开价钱出来吧，只要不是狮子大开口，我们一定付，好不好？"

江苇怔了，婉琳这番话，像是无数的鞭子，对他的自尊没头没脑地乱抽过来，他怔了几秒钟，接着，一拍桌子，他大叫："去你们的上流社会！滚你们的上流社会！你们是一群麻木不仁的伪君子！你们懂得感情吗？懂得人心吗？懂得爱吗？多少钱？多少钱可以出卖爱情？哈哈！可笑！你的女儿是上流社会的大家闺秀，我这个下等流氓不配惹她，是不是？好，我走！我再不惹你的女儿！你去给她配一个上流社会的大家子弟，看看她是不是能获得真正的幸福！"他往门口冲去，回过头来，他又狂叫了一句，"省省你的臭钱吧！我真倒了霉，走进这样一幢房子里来，我洗上三天三夜，也洗不干净我被你弄脏了的灵魂！"

他冲出玻璃门，像闪电一般，他迅速地跑过院子，砰的一声阖上大门，像一阵狂飙般，卷得无影无踪了。

第六章

　　婉琳愣在那儿了，吓得直发抖，嘴里喃喃地说："疯子，疯子，根本是个疯子！"

　　雨柔听到了吼叫声，她冲进客厅里来了，看不到江苇，她就发狂般地喊了起来："江苇！江苇！江苇！"冲出院子，她直冲向大门，不住口地狂喊："江苇！江苇！江苇！"

　　婉琳追到门口来，也叫着："雨柔！雨柔！你回来，你别喊了，他已经走掉了！他像个疯子一样跑掉了！"

　　雨柔折回到母亲面前，她满面泪痕，狂野地叫："妈妈！你对他说了些什么？告诉我，你对他说了些什么？"

　　"他是疯子，"婉琳余悸未消，仍然哆嗦着，"根本是个疯子，幸好妈把他赶走了！雨柔，你千万不能惹这种疯子……"

　　"妈妈！"雨柔狂喊，"你对他说了些什么？告诉我！你对他说了些什么？"雨柔那泪痕遍布的面庞，那撕裂般的声音，那发疯般的焦灼，把婉琳又给吓住了，她说："也没说什么，我只想给你解决问题，我也没亏待他呀，我说给他钱，随他开价，这……这……这还能怎样？雨柔，你总不至于傻得和这种下等人认真吧？"

雨柔觉得眼前一阵发黑，顿时天旋地转，她用手扶着沙发，脸色惨白，泪水像崩溃的河堤般奔泻下来，她闭上眼睛，喘息着，低低地、咬牙切齿地说："妈妈，你怎么可以这样伤害他？这样侮辱他？妈妈，我恨你！我恨你！我恨你！"张开眼睛来，她又狂叫了一句，"我恨你！"

喊完，她像个负伤的野兽般，对门外冲了出去。婉琳吓傻了，她追在后面叫："雨柔！雨柔！你到哪里去？"

"我走了！"雨柔边哭边喊边跑，"我再也不回来了！我恨这个家，我宁愿我是个孤儿！"她冲出大门，不见人影了。

婉琳尖叫起来："张妈！张妈！追她去！追她去！"

张妈追到门口，回过头来："太太，小姐已经看不到影子了！"

"哦！"婉琳跌坐在沙发中，蒙头大哭，"我做了些什么？我还不是都为了她好！哎哟，我怎么这样苦命呀！怎么生了这样的女儿呀！"

"太太，"张妈焦灼地在围裙里擦着手，她在这个家庭中已待了十几年了，几乎是把雨柔带大的，"你先别哭吧！打电话给先生，把小姐追回来要紧！"

"让她去死去！"婉琳哭着叫，"让她去死！"

"太太，"张妈说，"小姐个性强，她是真的可能不再回来了。"

婉琳愕然了，忘了哭泣，张大了嘴，吓愣在那儿了。

晚上，江苇踏着疲倦的步子，半醉地、蹒跚地、东倒西歪地走进了自己的小屋。一整天，他不知道自己是怎样度过的，依稀仿佛，他曾游荡过，大街小巷，他盲目地走了又走，几乎走了一整天。脑子里，只是不断地回荡着婉琳对他说过的话："……你别引诱雨柔了，她还是个小孩子呢！她也不会真心爱你的，她平日交往的，都是上流社会的大家子弟，她不过和你玩玩而已。你真和她出双入对，你叫她怎么做人？她的朋友、父母、亲戚都会看不起她了！你说吧，多少钱你肯放手……""……如果你想娶雨柔，你的野心就太大了。她再无知，也不会嫁给一个工人！……我和她父亲，也不会允许家里出这种丑，丢这种人……"

他知道了，这就是雨柔的家庭，所以，雨柔不愿他在她家庭中露面，她也认为这是一种"耻辱"！和她的母亲一样，她也有那种根深蒂固，对于他出身贫贱的鄙视！所以，他只能做她的地下情人！所以，她不愿和他出入公开场合！不愿带他走入她的社交圈。所以，她总要掩饰他是一个工人的事实，"作家"！"作家"！"作家"！她要在她母亲面前称他为"作家"！"作家"就比"工人"高贵了？一个出卖劳力与技术，一个出卖文字与思想，在天平上不是相当的吗？伪君子，伪君子，都是一群伪君子！包括雨柔在内。

他是生气了、愤怒了、受伤了。短短的一段拜访，他已经觉得自己被凌迟了、被宰割了。当他在大街小巷中漫无目的地行走与狂奔时，他脑子里就如万马奔腾般掠过许多思想，许多回忆。童年的坎坷、命运的折磨、贫困的压迫……不能倒下去，不能倒下去，不能倒下去！要站起来，要奋斗，要努力，要力争上游！他念书，他工作，他付出比任何一些年轻人更多的挣扎，遭遇过无数的打击。他毕竟没有倒下去。但是，为什么要遇到雨柔？为什么偏偏遇到雨柔？她说对了，他应该找一个和他一样经过风浪和打击的女孩，那么，这女孩最起码不会以他为耻辱，最起码不会鄙视他，伤害他！

　　人类最不能受伤害的是感情和自尊，人类最脆弱的地方也是感情与自尊。江苇，他被击倒了，生平第一次，他被击倒了。或者，由于经过了太多的折磨，他的骄傲就比一般人更强烈，他骄傲自己没被命运所打倒，他骄傲自己没有堕落，没有毁灭，他骄傲自己站得稳，站得直。可是，现在，他还有什么骄傲？他以为他得到了一个了解他、欣赏他、爱他的女孩子，他把全心灵的热情都倾注在这女孩的身上。可是，她带给了他什么？一星期不露面，一星期刻骨的相思，她可曾重视过？他必须闯上去，必须找到她——然后，他找到了一份世界上最最残忍的现实，江苇，江苇，你不是风浪里挺立的巨石，你只是一棵被践踏的、卑微的小草，你配不上那朵暖室里培育着的、高贵的花朵，江苇，江苇，你醒醒吧！睁开眼睛来，认清楚你自己，认清楚这个世界！

　　他充满了仇恨，他恨这世界，他恨那个高贵的家庭，他恨雨柔父母，他也恨雨柔！他更恨他自己！他全恨，恨不得把地球打碎，恨不得杀人放火。但是，他没有打碎地球，也没有杀人放火，只是走进一家小饭店，把自己灌得半醉。

现在，他回到了"家里"，回到了他的"小木屋"里。

一进门，他就怔住了。雨柔正坐在他的书桌前面，头伏在书桌上，一动也不动。猛然间，他的心狂跳起来，一个念头像闪电般从他脑海里掠过：她自杀了！他扑过去，酒醒了一大半，抓住雨柔的肩膀，他疯狂地摇撼她，一迭连声地喊着："雨柔！雨柔！雨柔！"

雨柔一动，睁开眼睛来。天！她没事，她只是太疲倦而睡着了。江苇松出一口长气来，一旦担忧消失，他的怒火和仇恨就又抬头了，他瞪着她："你来干什么？你不怕我这简陋的房子玷污了你高贵的身子吗？你不怕我这个下等人影响了你上流社会的清高吗？你来干什么？"

雨柔软弱地、精神恍惚地望着他。她已经在这间小房子里等了他一整天，她哭过、担忧过、战栗过、祈祷过……一整天，她没有吃一口东西，没有喝一口水，只是疯狂般地等待，等待，等待！等待得要发狂，等待得要发疯，等待得要死去！她满屋子兜圈子，她在心中反复呼唤着他的名字，她咬自己的手指、嘴唇，在稿纸上涂写着乱七八糟的句子。最后，她太累了、太弱了，伏在桌子上，她不知不觉地睡着了。

终于，他回来了！终于，她见到他了！可是，他在说些什么？她听着那些句子，一时间，捉不住句子的意义，她只是恍恍惚惚地看着他。然后，她回过味来，她懂了，他在骂她！他在指责她！他在讽刺她！

"江苇，"她挣扎着，费力地和自己的软弱及眼泪作战，"请你不要生气，不要把对妈妈的怒气迁怒到我身上！我来了，等了你一整天，我已经放弃了我的家庭……"

"谁叫你来的？"江苇愤怒地嚷，完全失去了理智，完全口不择言，"谁请你来的？你高贵，你上流，你是千金之躯，你为什么跑到一个单身男人的房间里来？尤其是一个下等人的房里？为什么？你难道不知羞耻吗？你难道不顾身份吗？"雨柔呆了、昏了、震惊而战栗了。她瞪视着江苇，那恶狠狠的眼睛、那凶暴的神情、那残忍的语句、那扑鼻而来的酒气……这是江苇吗？这是她刻骨铭心般爱着的江苇吗？这是她抛弃家庭，背叛父母，追到这儿来投奔的男人吗？她的嘴唇抖颤着，站起身来，她软弱地扶着椅子："江苇！"她重重地抽着气，"你不要欺侮人，你不要这样没良心……""良心？"江苇对她大吼了一句，"良心是什么东西！良心值多少钱一斤？我没良心，你有良心！你拿我当玩具，当你的消遣品？你有的是高贵的男朋友，我只是你生活上的调剂品！你看不起我，你认为我卑贱，见不得人，只能藏在你生活的阴影里……""江苇！"她喘着气，泪水终于夺眶而出，沿着面颊奔流，"我什么时候看不起你？我什么时候认为你卑贱，见不得人？我什么时候把你当消遣品？如果我除了你还有别的男朋友，让我不得好死！"

"用不着发誓，"他冷酷地摇头，"用不着发誓！高贵的小姐，你来错地方了，你走错房间了！你离开吧，回到你那豪华的、上流的家庭里去！去找一个配得上你的大家子弟！去吧！马上去！"

雨柔惊愕地凝视着他，又急、又气、又悲、又怒、又伤心、又绝望……她的手握紧了椅背，椅子上有一根突出的钉子，她不管，她抓紧那钉子，让它深陷进她的肌肉里，血慢慢地沁了出来，那疼痛的感觉一直刺进她内心深处，她的江苇！她的江苇只是个血淋淋的刽子手！只为了在母亲那儿受了气，他就不惜把她剁成碎片！她终于大声地叫了出来："江苇！我认得你了！我认得你了！我总算认得你了！你这个人面兽心的混蛋！你这个忘恩负义的禽兽！你这个卑鄙下流的……"

啪的一声，江苇重重地抽了她一个耳光，她站立不住，踉跄着连退了两三步，一直退到墙边，靠在墙上，眼泪像雨一般地滚下来，眼前的一切，完全是水雾中的影子，一片朦胧，一片模糊。耳中，仍然响着江苇的声音，那沉痛的、受伤的、愤怒的声音："我是人面兽心，我是卑鄙下流！你认清楚了，很好，很好！我白天去你家里讨挨骂，晚上回自己家里，还要等着你来骂！我江苇，是倒了几百辈子的霉？既然你已经认清楚我了，既然连你都说我是人面兽心，卑鄙下流，"他大叫，"怪不得你母亲会把我当成敲诈犯！"

不不！雨柔心里在喊着，在挣扎着。不不，江苇，我们不要这样子，我们不要争吵，不不！不是这样的，我不想说那些话，打死我，我也不该说那些话。不不！江苇，我不是来骂你，我是来投奔你的！不不，江苇，让我们好好谈，让我们平心静气谈……她心里在不断地诉说。可是，嘴里却吐不出一个字来。

"很好，"江苇仍然在狂喊，愤怒、暴躁，而负伤地狂喊，

"既然你已经认清楚了我，我也已经认清楚了你！贺雨柔，"他一个字一个字地说，"你根本不值得我爱！你这个肤浅无知的阔小姐，你这个毫无思想、毫无深度的女人！你根本不值得我爱你！"

雨柔睁大了眼睛，泪已经流尽了，再也没有眼泪了。你！江苇，你这个残忍的、残忍的、残忍的混蛋！她闭了闭眼睛，心里像在燃烧着一盆熊熊的火，这火将要把她烧成灰烬，她听到自己的声音，在挣扎着说："我……我们算是白认识了一场！没想到，我在这儿等了一整天，等来的是侮辱和耳光！生平，这是我第一次挨打，我不会待在这儿等第二次！"她提高了声音，"让开！我走了！永不再来了！"

"没有人留你！"他大吼着，"没有人阻止你，也没有人请你来……"

她点点头，走向门口，步履是歪斜不整的，他退向一边，没有拦阻的意思，她把手放在门柄上，打开门的那一刹那，她心中像被刀剜一般地疼痛，这一去，不会再回来了，这一去，又将走向何方？家？家是已经没有了！爱情，爱情也没有了。她跨出了门，夏夜的晚风迎面而来，小弄里的街灯冷冷地站着，四面渺无人烟。她机械化地迈着步子，听到关门的声音在她身后砰然合拢，她眼前一阵发黑，用手扶着电线杆，整日的饥饿、疲倦、悲痛和绝望，在一瞬间，像个大网一般对她当头罩下，她身子一软，倒了下去，什么都不知道了。

眼看雨柔走出去，江苇心里的怒火依然狂炽，但，她真走了，他像是整个人都被撕裂了，赶到门边，他泄愤般地把门砰然关上。在狂怒与悲愤中，他走到桌子前面，一眼看到桌上的稿纸，被雨柔涂了个乱七八糟，他拿起稿纸，正想撕掉，却本能念到了上面横七竖八写着的句子："江苇，我爱你，江苇，我爱你，江苇，我爱你，江苇，我爱你……"

几百个江苇，几百个我爱你，他拿着稿纸，头晕目眩，冷汗从额上滚滚而下，用手扶着椅子，他摇摇头，想强迫自己清醒过来。椅背上是潮湿的，他摊开手心，一手的血！她自杀了！她割了腕！他的心狂跳，再也没有思考的余地，再也没有犹豫的心情，他狂奔到门口，打开大门，他大喊："雨柔！雨柔！雨……"

他的声音停了，因为，他一眼看到了雨柔，倒在距离门口几步路的电线杆下。他的心猛然一下子沉进了地底，冷汗从背脊上直冒出来。他赶过去，俯下身子，他把她一把从地上抱了起来，街灯那昏黄的、暗淡的光线，投在她的脸上，她双目紧闭着，面颊上毫无血色。他颤抖了，惊吓了，觉得自己整个人已经被撕成了碎片，磨成了粉，烧成了灰，痛楚从他心中往外扩散。一刹那间，他简直不知道心之所指、身之所在。

"雨柔！雨柔！雨柔！"他哑声低唤，她躺在他怀里，显得那样小，那样柔弱，那惨白的面颊被地上的泥土弄脏了。他咬紧了嘴唇，上帝，让她好好的，老天，让她好好的，只要她醒过来，他什么都肯做，他愿意为她死！他抱着她，一步步走回小屋里，把她平放在床上，他立即去检查她手上的伤口，那伤口又深又长，显然当她跟跄后退时，那钉子已整个划过了她的皮肤，那伤口从手心一直延长到手指，一条深深的血痕。他抽了口冷气，闭上眼睛，觉得五脏六腑都翻搅着，剧烈地抽搐着，一直抽痛到他的四肢。他俯下身子，把嘴唇压在她的唇上，那嘴唇如此冷冰冰的，他惊跳起来，她死了！

他想，用手试试她的鼻息，哦，上帝，她还活着。上帝！让她好好的吧！

奔进洗手间，他弄了一条冷毛巾来，把毛巾压在她额上，他扑打她的面颊，掐她的人中，然后，他开始发疯般地呼唤她的名字："雨柔！雨柔！雨柔！请你醒过来，雨柔！求你醒过来！只要你醒过来，我发誓永远不再和你发脾气，我要照顾你，爱护你，一直到老，到死，雨柔，你醒醒吧，你醒醒吧，你醒来骂人打人都可以，只要你醒来！"

她躺在那儿，毫无动静，毫无生气。他甩甩头，不行！自己必须冷静下来，只有冷静下来，才知道现在该怎么办。他默然片刻，然后，他发现她手上的伤口还在滴血，而且，那伤口上面沾满了泥土。不行！如果不消毒，一定会发炎，家里竟连消炎粉都没有，他跺脚，用手重重地敲着自己的脑袋。

于是，他想起浴室里有一瓶碘酒。不管了，碘酒最起码可以消毒，他奔进去找到了碘酒和药棉，走到床边，他跪在床前面，把她的手平放在床上，然后，用整瓶碘酒倒上去，他这样一蛮干，那碘酒在伤口所引起的烧灼般的痛楚，竟把雨柔弄醒了，她呻吟着，迷迷糊糊地张开眼睛，挣扎地低喊：

"不要！不要！不要！"

江苇又惊喜，又悲痛，又刻骨铭心地自疚着，他扑过去看她，用手握着她的下巴，他语无伦次地说："雨柔，你醒来！雨柔，你原谅我！雨柔，我宁愿死一百次，不要你受一点点伤害！雨柔，我这么粗鲁，这么横暴，这么误解你，我怎么值得你爱？怎么值得？雨柔，雨柔，雨柔？"

他发现她眼光发直，她并没有真正醒来，他用力地摇撼着她。

"雨柔！你看我！"他大喊。

雨柔的眉头轻蹙了一下，她的神志在虚空中飘荡。她听到有人在叫她的名字，只是不知道意义何在？她努力想集中思想，努力想使自己清醒过来，但她只觉得痛楚，痛楚，痛楚……她辗转地摇着头：不要！不要这样痛！不要！不要！不要！她的头奄然地侧向一边，又什么都不知道了。

江苇眼看她再度晕过去，他知道情况比他想象中更加严重，接着，他发现她手上的伤口被碘酒清洗过之后，竟那样深，他又抽了一口冷气，迅速地站起身来，他收集了家中所有的钱．他要把她尽快地送到医院里去。

雨柔昏昏沉沉地躺着，那痛楚紧压在她胸口上，她喘不过气来，她挣扎又挣扎，就是喘不过气来。模糊中，她觉得自己在车上颠簸，模糊中，她觉得被抱进了一间好亮好亮的房间里，那光线强烈地刺激着她，不要！不要！不要！她挣扎着，拼命挣扎。然后，她开始哭泣，不知道为什么而哭泣，一面哭着，一面脑子里映显出一个名字，一个又可恨又可爱的名字，她哭着，摇摆着她的头，挣扎着，然后，那名字终于冲口而出："江苇！"

这么一喊，当这名字终于从她内心深处冲出来，她醒了，她是真的醒了。于是，她发现江苇的脸正面对着她，那么苍白、憔悴、紧张，而焦灼的一张脸！他的眼睛直视着她，里面燃烧着痛楚的热情。她痛苦地摇摇头，想整理自己的思想，为什么江苇要这样悲切地看着自己？为什么到处都是酒精与药水的味道？为什么她要躺在床上？她思想着，回忆着，然后，她啊的一声轻呼，眼睛张大了。

"雨柔！"江苇迫切地喊了一声，紧握着她那只没有受伤的手，"你醒了吗？雨柔？"

她动了动身子，于是，她发现床边有个吊架，吊着个玻璃瓶，注射液正从一条皮管中通向她的手腕。她稍一移动，江苇立刻按住她的手。

"别动，雨柔，医生在给你注射葡萄糖。"

她蹙着眉，凝视江苇。

"我在医院里？"她问。

"是的，雨柔。"他温柔地回答，从来没有如此温柔过。

"医生说你可能要住几天院，因为你很软弱，你一直在出冷汗，一直在休克。"他用手指怜惜地抚摸她的面颊，他那粗糙的手指，带来的竟是如此醉人的温柔。眼泪涌进了她的眼眶。"我记得——"她喃喃地说，"你说你再也不要我了，你说……"

他用手轻轻地按住了她的嘴唇。他的眼睛里布满了红丝，燃烧着一股令人心痛的深情和歉疚。

"说那些话的那个混账王八蛋已经死掉了！"他哑着喉咙说，"他喝多了酒、他鬼迷心窍、他好歹不分，我已经杀掉了他，把他丢进阴沟里去了。从此，你会认得一个新的江苇，不发脾气、不任性、不乱骂人……他会用他整个生命来爱护你！"

泪滑下她的面颊。

"你不会的，江苇。"她啜泣着说，"你永远改不掉你的坏脾气，你永远会生我的气，你——看不起我，你认为我是个娇生惯养的、无知而肤浅的女人。"

他用手敲打自己的头颅。

"那个混账东西！"他咒骂着。

"你骂谁？"

"骂我自己。"他俯向她，"雨柔！"他低声叫，"你了解我，你知道我，我生性耿直，从不肯转圜、从不肯认输、从不肯低头、从不肯认错。可是……"他深深地凝视她，把她的手贴向自己的面颊，他的头低俯了下去，她只看到他乱发蓬松的头颅。但，一股温热的水流流过了她的手背，他的面颊潮湿了。她那样惊悸、那样震动、那样恐慌……她听到他的声音，低沉地、压抑地、痛楚地响了起来："我认错了。雨柔，我对不起你。千言万语，现在都是白说，我只希望你知道，我爱你有多深，有多切，有多疯狂！我愿意死一百次，一千次，一万次，如果能够弥补我昨晚犯的错误的话！"

她扬起睫毛，在满眼的水雾弥漫中，仰视着天花板上的灯光。啊，多么柔美的灯光，天已经亮了，黎明的光线，正从视窗蒙蒙透入。啊，多么美丽的黎明！这一生，她再也不能渴求什么了！这一生，她再也不能希冀听到更动人的言语了！她把手抽出来，轻轻地挽住那黑发的头，让他的头紧压在她的胸膛上。

"带我离开这里！"她说，"我已经完全好了。"

"你没有好，"他战栗着说，"医生说你好软弱，你需要注射生理食盐水和葡萄糖。"

"我不需要生理食盐水和葡萄糖，医生错了。"她轻语，声音幽柔如梦，她的手指温和地抚弄着他的乱发，"我所需要的，只是你的关怀、了解，和你的爱情。刚刚，你已经都给我了，我不再需要什么了。"

他震动了一下，然后，他悄然地抬起头来，他那本来苍白的面颊现在涨红了，他的眼光像火焰，有着烧炙般的热力，他紧盯着她，然后，他低喊了一声："天哪！我拥有了一件全世界最珍贵的珍宝，而我，却差点儿砸碎了它！"

他的嘴唇移下来，静静地贴在她的唇上。

一声门响，然后是屏风拉动的声音，这间病房，还有别的病人。护士小姐来了！但是，他不愿抬起头来，她也不愿放开他。在这一刹那，全世界对他们都不重要，都不存在。重要的只有彼此，存在的也只有彼此，他们差点儿失去了的"彼此"。他们不要分开，永远也不要分开。时间缓慢地流过去，来人却静悄悄的毫无声息。终于，她放开了他，抬起眼睛，她猛地一震，站在那儿的竟是贺俊之！他正默默地伫立着，深深地凝视着他们。

当雨柔出走，婉琳的电话打到云涛来的时候，正巧俊之在云涛。不只他在，雨秋也在。不只雨秋在，子健和晓妍都在。他们正在研究雨秋开画展的问题。晓妍的兴致比谁都高，跑出跑进的，她量尺寸，量大小，不停口地发表意见，哪张画应该挂哪儿，哪张画该高，哪张画该低，哪张画该用灯光，哪张画不该用灯光。雨秋反而比较沉默，这次开画展，完全是在俊之的鼓励下进行的，俊之总是坚持地说："你的画，难得的是一份诗情，我必须把它正式介绍出来，我承认，对你，我可能有种近乎崇拜的热爱，对你的画，难免也有我自己的偏爱，可是，雨秋，开一次画展吧，让大家认识认识你的画！"

晓妍更加热心，她狂热地喊："姨妈，你要开画展，你一定要开！因为你是一个画家，一个世界上最伟大最伟大的画家！你一定会一举成名！姨妈，你非开这个画展不可！"

雨秋被说动了，她笑着问子健："子健，你认为呢？"

"姨妈，这是个挑战，是不是？"子健说，"你一向是个接受挑战的女人！""你们说服了我，"雨秋沉吟地，"我只怕，你们会鼓励了我的虚荣心，因为名与利，是无人不爱的。"

就这样，画展筹备起来了，俊之检查了雨秋十年来的作品，发现那数量简直惊人。他主张从水彩到油画，从素描到抽象画，都一齐展出。因为，雨秋每个时期所热衷的素材不同，所以，她的画，有铅笔、有水彩、有粉画、有油画，还有沙画。只是，她表现的主题都很类似：生命、奋斗，与爱。

俊之曾和雨秋、晓妍、子健等，在她的公寓里，一连选择过一个星期，最后，俊之对雨秋说："我奇怪，一个像你这样有思想，像你这样有一支神奇的彩笔的女人，你的丈夫，怎会放掉了你？"

她笑笑，注视他："我的丈夫不要思想，不要彩笔，他只要一个女人，而世界上，女人却多得很。"她沉思了一下，"我也很奇怪，一个像你这样有深度、有见解、有眼光、有斗志的男人，需要一个怎样充满智慧及灵性的妻子！告诉我，你的妻子是如何可爱？如何多情？"

他沉默了，他无法回答这问题，他永远无法回答这问题。

尤其在子健的面前。雨秋笑笑，不再追问，她就是那种女人，该沉默的时候，她永不会用过多的言语来困扰你。她不再提婉琳，也不再询问关于婉琳的一切，甚至于，她避免和子健谈到他的母亲，子健偶尔提起来，雨秋也总是一语带过："听说你妈妈是个美人！有你这样优秀的儿子，她可想而知，一定是个好妈妈！"

每当这种时候，俊之就觉得心中被剜割了一下。往往，他会有些恨雨秋，恨她的闪避、恨她的大方、恨她的明知故"遁"。自从那个早晨，他打电话告诉她"幸福的呼唤"之后，她对他就采取了敬而远之的态度，不论他怎样明示暗示，她总是欲笑不笑地、轻描淡写地把话题带开。他觉得和她之间，反而比以前疏远了，他们变成了"东边日出西边雨，道是无晴却有晴"的局面。而且，雨秋很少和他单独在一起了，她总拉扯上晓妍和子健，要不然，她就坐在云涛里，你总不能当着小李、张经理，和小姐们的面，对她示爱吧！

她在逃避他，他知道。一个一生在和命运挑战的女人，却忽然逃避起他来了。这使他感到焦灼、烦躁，和说不出来的苦涩。她越回避，他越强烈地想要她，强烈得常常彻夜失眠。

因此，一天，坐在云涛的卡座中，他曾正面问她："你逃避我，是怕世俗的批评？还是怕我是个有妇之夫？还是你已经厌倦了？"

她凝视他，摇摇头，笑笑。

"我没有逃避你，"她说，"我们一直是好朋友，不是吗？"

"我却很少和好朋友'接吻'过。"他低声地、闷闷地、微带恼怒地说。

"接吻吗？"她笑着说，"我从十六岁起，就和男孩子接吻了，我绝不相信，你会把接吻看得那样严重！"

"哦！"他阴郁地说，"你只是和我游戏。"

"你没听说过吗？我是出了名的浪漫派！"她洒脱地一甩头，拿起她的手袋，转身就想跑。

"慢着！"他说，"你不要走得那样急，没有火烧了你的衣裳。你也不用怕我，你或者躲得开我，但是，你绝对躲不开你自己！"

于是，她回过头来望着他，那眼神是悲哀而苦恼的。

"别逼我，"她轻声说，"橡皮筋拉得太紧，总有一天会断掉，你让我去吧！"

她走了，他却坐在那儿，深思着她的话，一遍又一遍地想，就是想不明白。为什么？她曾接受过他，而她却又逃开了。直到有一天，晓妍无意的一句话，却像雷殛一般地震醒了他。

"我姨妈常说，有一句成语，叫'宁为玉碎，不为瓦全'，她却相反，她说'宁为瓦全，不为玉碎'，她一生，面临了太多的破碎，她怕极了破碎，她说过，她再也不要不完整的东西！"

是了！这就是问题的症结！他能给雨秋什么？一份完整的爱情？一个婚姻？一个家庭？不！他给不了！他即使是"玉"，也只是"碎玉"，而她却不要碎玉！他沉默了，这问题太大太大，他必须好好地考虑、好好地思索。面对自己，不虚伪，要真实地活下去！他曾说得多么漂亮，做起来却多么困难！他落进了一个感情及理智的旋涡里，觉得自己一直被旋到河流的底层，旋得他头昏脑涨，而神志恍惚。

就在这段时间里，雨柔的事情发生了。

电话来的时候，雨秋和俊之都在会客室里，在给那些画编号分类。子健和晓妍在外面，晓妍又在大吃什么云涛特别圣代。俊之拿起电话，就听到婉琳神经兮兮地在那边又哭又说，俊之拼命想弄清楚是怎么回事，婉琳哭哭啼啼的就是说不清楚。最后，还是张妈接过电话来，简单明了地说了两句话："先生，你快回来吧，小姐离家出走了！"

"离家出走？"他大叫，"为什么？"

"为了小姐的男朋友。先生，你快回来吧！回来再讲，这样讲不清楚的！"

俊之放下了电话，回过头来，他心慌意乱地、匆匆忙忙地对雨秋说："我女儿出了事，我必须赶回去！"

雨秋跳了起来，满脸的关怀："有没有我能帮忙的地方？"她诚恳地问。

"我根本不知道发生了什么，只知道雨柔出走了。"俊之脸色苍白，"我实在不懂，雨柔虽然个性强一点，却从来没有发生过这种事，你不知道，雨柔是个多重感情、多有思想的女孩。她怎会如此糊涂？她怎可能离家出走？何况，我那么喜欢她！"

雨秋动容地看着他。

"你赶快回去吧！叫子健跟你一起回去，分头去她同学家找找看，女孩子感情纤细，容易受伤。你也别太着急，她总会回来的。我从十四岁到结婚，起码离家出走了二十次，最后还是乖乖地回到家里。你的家庭不像我当初的家庭，你的家温暖而幸福，孩子一时想不开，等她想清楚了，她一定会回来的。"

"你怎么知道我的家温暖而幸福？"俊之仓促中，仍然恼怒地问了一句，他已直觉到，雨柔的出走，一定和婉琳有关。

"现在不是讨论这问题的时间，是吗？"雨秋说，"你快走吧，我在家等你电话，如果需要我，马上通知我！"

俊之深深地看了雨秋一眼，后者脸上那份真挚的关怀使他心里怦然一动。但是，他没有时间再和雨秋谈下去，跑出会客室，他找到子健，父子二人，立刻开车回到了家里。

一进家门，就听到婉琳在那儿抽抽噎噎地哭泣，等到俊之父子一出现，她的哭声就更大了，抓着俊之的袖子，她一把眼泪一把鼻涕地说："我……我怎么这么命苦，会……会生下雨柔这种不孝的女儿来？她……她说她恨我，我……我养她，带她，她从小身体弱，你……你知道我吃了多少苦，才……才把她辛辛苦苦带大，我……我……"

"婉琳！"俊之强忍着要爆发的火气，大声地喊，"你能不能把事情经过好好地讲一遍？到底发生了什么事？雨柔为什么出走？"

"为……为了一个男人，一个……一个……天哪！"她放声大哭，"一个修车工人！哎哟！俊之，我们的脸全丢光了！她和一个工人恋爱了，一个工人！想想看，我们这样的家庭，她总算个大家闺秀，哎哟！……"她又哭得上气不接下气了。俊之听到婉琳这样一阵乱七八糟、糊里糊涂的诉说，又看到她那副眼泪鼻涕的样子，就觉得气不打一处来。他脸色都发青了，推开婉琳，他一迭连声地叫张妈。这才从张妈的嘴中，听出了一个大概。尤其，当张妈说："其实，先生，我看那男孩子也是规规矩矩的，长得也浓眉大眼，一副聪明样子。小姐还说他是个……是个……什么……什么作家呢！我看，小姐爱他是爱得不得了呢，她冲出去的时候简直要发疯了！"

俊之心里已经有了数，不是他偏爱雨柔，而是他了解雨柔，如果是雨柔看得中的男孩子，必定有其可取之处。婉琳听到张妈的话，就又乱哭乱叫了起来："什么规规矩矩的？他根本是个流氓，长得像个杀人犯，一副凶神恶煞的样子！他差点儿没把我杀了，还说他规矩呢！他根本存心不良，知道我们家有钱，他是安心来敲诈的……"

"住口！"俊之忍无可忍，大声地叫，"你的祸已经闯得够大了，你就给我安静一点吧！"

婉琳吓怔了，接着，就又呼天抢地般大哭起来："我今天是撞着什么鬼了？好好地待在家里，跑来一个流氓，把我骂了一顿，女儿再骂我一顿，现在，连丈夫也骂我了！我活着还有什么意思？我不如死了好……"

"婉琳婉琳，"俊之被吵得头发昏了，心里又急又气又恨，"你能不能不要再哭了？"转过头去，他问子健，"子健，你知道雨柔有男朋友的事吗？"

"是的，爸，"子健说，"雨柔提过，却并没有说是谁，我一直以为是徐中豪呢！"

俊之咬住嘴唇，真糟！现在是一点儿线索都没有，要找人到哪儿去找？如果能找到那男孩子，但是，那男孩子是谁呢？他转头问婉琳："那男孩叫什么名字？""姓江，"婉琳说，嘟着嘴，"谁耐烦去记他叫什么名字？好像是单名。"

俊之狠狠地瞪了婉琳一眼，不知道！你什么都不知道！你连他的名字都不记一记，却断定人家是流氓！是敲诈犯！是凶神恶煞！

"爸爸，"子健说，"先去雨柔房里看看，她或者有要好的同学的电话，我们先打电话到她几个朋友家里去问问，如果没有线索的话，我们再想办法！"

一句话提醒了俊之，上了楼，他跑进雨柔房里，干干净净的房间，书桌上没有电话记录簿，他打开书桌的抽屉，里面有一本精致的、大大的剪贴簿，他打开封面，第一页上，有雨柔用艺术体写的几个字："江苇的世界"。翻开第一页，全是剪报，一个名叫江苇的作品，整本全是！有散文、有小说、有杂文，他很快地看了几篇，心里已经雪亮雪亮。从那些文字里，可以清楚地读出，一个艰苦奋斗的年轻人的血泪史。江苇的孤苦、江苇的努力、江苇的挣扎、江苇的心声、江苇的恋爱……江苇的恋爱，他写了那么多，关于他的爱情——给小雨、寄小雨、赠小雨、为小雨！那样一份让人心灵震撼，让人情绪激动的深情！哦，这个江苇！

他已经喜欢他了，已经欣赏他了，那份骄傲、那份热情、那份文笔！如果再有像张妈所说的外形，那么，他值得雨柔为他"疯狂"，不是吗？阖上本子，他冲下楼，子健正在拼命打电话给徐中豪，问其他同学的电话号码，他简单地说："子健，不用打电话了，那男孩叫江苇，芦苇的苇，希望这不是他的笔名，我们最好分头去查查区分所户籍科，看看江苇的住址在什么地方。"

"爸，"子健说，"这样实在太不科学，那么多区分所，我们去查哪一个？我们报警吧！"

"他好像说了，他住在和平东路！"婉琳忽然福至心灵，想了起来。

"古亭区和大安区！"子健立刻说，"我去查！"他飞快地冲出了大门。

两小时后，子健折了回来，垂头丧气的。

"爸，不行！区分所说，我们没有权利查别人的户籍，除非办公文说明理由，我看，除了报警，没有第二个办法！我们报警吧！"

俊之挖空心思，再也想不出第二条路，时间已越来越晚，他心里就越来越担忧，终于，他报了警。

接下来，是漫长的等待，时间缓慢地流过去，警察局毫无消息，他焦灼了，一个电话又一个电话，他不停地拨到每一个分局……有车祸吗？有意外吗？根据张妈所说的情况，雨柔是在半疯狂的状况下冲出去的，如果发生了车祸呢？他拼命拨电话，不停地拨，不停地拨……夜来了，夜又慢慢地消逝，他靠在沙发上，身上放着江苇的剪贴簿，他已经读完了全部江苇的作品，几乎每个初学写作的作者，都以自己的生活为蓝本，看完这本册子，他已了解了江苇过去的、现在的，以及未来的。一个像这样屹立不倒的青年，一个这样在风雨中成长的青年，一个如此突破穷困和艰苦的青年——他的未来必然是成功的！

电话铃蓦然响了起来，在黎明的寂静中显得特别响亮。扑过去，他一把握起听筒，出乎意料地，对方竟是雨秋打来的，她很快地说："我已经找到了雨柔，她在××医院急诊室，昨天夜里送进去的……"

"哦！"他喊，心脏陡地一沉，她出了车祸，他想。冷汗从额上冒了出来，他几乎已看到雨柔血肉模糊的样子，他大大地吸气，"我马上赶去！"

"等等！"雨秋喊，"我已经问过医生，你别紧张，她没事，碰巧值勤医生是我的朋友，她说雨柔已转进病房，大概是三等，那男孩子付不出保证金，据说，雨柔不过是受了点刺激，休克了。好了，你快去吧！"

"谢谢你，雨秋，谢谢你！"放下了电话，他抓起沙发上的剪贴簿，就冲出了大门。婉琳红肿着眼睛，追在后面一直喊："她怎么样了？她怎么样了？"

"没有死掉！"他没好气地喊。子健追了过来："爸，我和你一起去！"

上了车，发动马达，俊之才忽然想到，雨秋怎么可能知道雨柔的下落？他和子健已经想尽办法，尚且找不到丝毫线索，她怎么可能在这样短的时间内，查出雨柔的所在？可是，现在，他没有心力来研究这问题，车子很快地开到了医院。

停好了车，他们走进医院，几乎立刻就查出雨柔登记的病房，昨晚送进来的急诊病人只有三个，她是其中之一。医院像一个迷魂阵，他们左转右转，终于找到了那间病房，是三等！一间房间里有六个床位，分别用屏风隔住，俊之找到雨柔的病床，拉开屏风，他正好看到那对年轻人在深深地、深深地拥吻。

他没有惊动他们，摇了摇手，他示意子健不要过来，他就站在那儿，带着种难言的、感动的情绪，分享着他们那份"忘我"的世界。

雨柔发现了父亲，她惊呼了一声："爸爸！"

江苇迅速地转过身子来了，他面对着俊之。那份温柔的、激动的热情仍然没有从他脸上消除，但他眼底已浮起了戒备与敌意。俊之很快地打量着他，高高的个子、结实的身体，乱发下是张桀骜不驯的脸，浓眉、阴郁而深邃的眼睛，挺直的鼻子下有张坚定的嘴。相当有个性、相当男性、相当吸引人的一张脸。他沉吟着，尚未开口，江苇已经挺直了背脊，用冷冷的声音，断然地说："你无法把雨柔带回家去……"

俊之伸出手来，按在江苇那宽阔的肩膀上，他的眼光温和而了解："别说什么，江苇，雨柔要先跟我回家，直到你和她结婚那天为止。"他伸出另一只手来，手里握着的是那本剪贴簿。

"你不见得了解我，江苇，但是我已经相当了解你了，因为雨柔为你整理了一份你的世界。我觉得，我可以很放心地把我的女儿，放进你的世界里去。所以……"他深深地望着江苇的眼睛，"我把我的女儿许给你了！从此，你不再是她的地下情人，你是她的未婚夫！"转过头去，他望着床上的雨柔。

"雨柔，欢迎你的康理查，加入我们的家庭！"

雨柔从床上跳了起来，差点没把那瓶葡萄糖弄翻，她又是笑又是泪地欢呼了一声："爸爸！"

江苇怔住了。再也没料到，雨柔有一个那样蛮不讲理的母亲，却有这样一个通情达理的父亲！他是诡计吗？是阴谋吗？是为了要把雨柔骗回去再说吗？他实在无法把这夫妻二人联想在一起。因此，他狐疑了！他用困惑而不信任的眼光看着俊之。可是，俊之的神情那样诚恳、那样真挚、那样坦率。他是让人无法怀疑的。俊之走到床边，坐在床沿上，他凝视着雨柔。

"你的手怎么弄伤的？"他问。

"不小心。"雨柔微笑地回答，看了看那裹着纱布的手，她轻声地改了口，"不是不小心，是故意的，医生说会留下一条疤痕，这样也好，一个纪念品。"

"疼吗？"俊之关怀地问。

"不是她疼，"子健接了口，他不知何时已经站在他们旁边了，他微笑地望着他妹妹，"是另外一个人疼。"他抬起头来，面对着江苇，他伸出手去，"是不是？江苇？她们女孩子，总有方法来治我们。我是贺子健，雨柔的哥哥！我想，我们会成为好朋友！"

江苇一把握住了子健的手，握得紧紧的，在这一瞬间，他只觉得满腔热情、满怀感动，而不知该如何表示了。

俊之望着雨柔："雨柔，你躺在这儿做什么？"他热烈地说，"我看你的精神好得很，那个瓶子根本不需要！你还不如……"

"去大吃一顿，"雨柔立刻接话，"因为我饿了！说实话，我一直没有吃东西！"

"子健，你去找医生来，问问雨柔到底是怎么了？"

医生来了，一番诊断以后，医生也笑了。

"我看，她实在没什么毛病，只要喂饱她，葡萄糖当然不需要。她可以出院了，你们去办出院手续吧！"

子健立刻去办出院手续，这儿，俊之拍了拍江苇的肩，亲切地说："你也必须好好吃一顿，我打赌你一夜没睡，而且，也没好好吃过东西，对不对？"

江苇笑了，这是从昨天早上以来，他第一次发自内心地笑了。雨柔已经拔掉了注射针，下了床，正在整理头发。俊之问她："想吃什么？"

"唔，"她深吸了口气，"什么都想吃！"

俊之看看表，才上午九点多钟。

"去云涛吧！"他说，"我们可以把晓妍找来，还有——秦雨秋。"

"秦——雨秋？"雨柔怔了怔，"那个女画家？"

"是的，那个女画家。"俊之深深地望着女儿，"是她把你找到的，我到现在为止，还不知道她用什么方法找到了你。"

雨柔沉默了。只是悄悄地把手伸给江苇，江苇立刻握紧了她。

半小时以后，他们已经坐在云涛里了。晓妍和雨秋也加入了他们，围着一张长桌子，他们喝着热热的咖啡，吃着各式各样的西点，一层融洽的气氛在他们之间流动，在融洽以外，还有种雨过天晴的轻松感。

这是雨柔第一次见到雨秋，她穿了件绿色的敞领衬衫，绿色的长裤，在脖子上系了一条绿色的小纱巾。满头长发，用条和脖子上同色的纱巾绑在脑后，她看来既年轻又飘逸。与雨柔想象中完全不同，她一直以为雨秋是一个多愁善感的小妇人。雨秋坐在那儿，她也同样在打量雨柔，白皙、纤柔、沉静，有对会说话的眼睛，里面盛满了思想，这是张易感的脸，必然有颗易感的心，那种沉静雅致的美，是相当楚楚动人的。

她把目光转向晓妍，奇怪，人与人间就有那么多的不同。差不多年龄的两个女孩子，都年轻、都热情、都有梦想和希望。

但她们完全不同，雨柔纤细雅致，晓妍活泼慧黠，雨柔沉静中流露着深思，晓妍却调皮里带着雅谑。奇怪，不同的人物，不同的个性，却有相同的吸引力，都那么可爱，那么美。

第七章

　　江苇，雨秋深思着，这名字不是第一次听到，仿佛在什么地方见过，她望着那张男性的、深沉的、若有所思的脸孔，突然想了起来。

　　"对了，江苇！"她高兴地叫，"我知道你，你写过一篇东西，题目叫《寂寞，别敲我的窗子！》，对不对？"

　　"你看过？"江苇有些意外，"我以为，只有雨柔才注意我的东西。"

　　"那么，编辑都成了傻瓜？"雨秋微笑着，"我记得你写过：'我可以容忍孤独，只是不能容忍寂寞。'当时，这两句话相当打动我，我猜，你是充分领略过孤独与寂寞的人。人，在孤独时不一定寂寞，思想，工作，一本好书，一张好唱片，都可以治疗孤独。但是，寂寞却是人内心深处的东西，不管你置身何处，除非你有知音，否则，寂寞将永远跟随你。"她掉头望着俊之，"我记得，我和你讨论过同样的问题，是吗？"

是吗？是吗？是吗？俊之望着她，心折地、倾倒地望着她，是吗？就在那天，他曾吻过她，就在那天，他才知道他已经寂寞了四十几年！他依稀又回到那一日，那小屋，那气氛，那墙上的画像，莫道不销魂，帘卷西风，人比黄花瘦，是吗？他凝视着她，她是在明知故问了。

"秦——"江苇眩惑地望着她，不知该如何称呼，她看来比他大不了几岁，但是，她的外甥女却是子健的女朋友，他终于喊了出来，"秦阿姨，你想得好透彻！说实话，我从不知道有你这个画家，我也没听过秦雨秋的名字，而你……"

"而我却知道你。你是不是要说这一句话？"雨秋爽朗地看着他，"你可以不看画展，不参观画廊，而我却不能不看报纸呵！"她笑笑，"江苇，你选择了一条好艰苦的路，但是，走下去吧！记住一件事，写你想写的！不过，当你终于成为一个大作家的时候，你一定要准备一件事：挨骂！没有作家成名后能不挨骂的！"

"何不背一背你那首骂人诗？"俊之说。

"骂人诗？"雨秋大笑了起来，"那种游戏文字，念它干吗？"

"越是游戏文字，越可能含满哲理，"江苇认真地说，"中国的许多小笑话里，全是人生哲学，我记得艾子里有一篇东西说，艾子有两个学生，一个名通，一个名执，有天和艾子一起在郊外散步，艾子口渴了，要那个名执的学生去找乡下老人要水喝，那乡下老人说，喝水可以，但是要写个字考考你，你会念，给你水喝，不会念，就不给你水喝，结果，老人写了一个真假的真字，那学生说是真，老人大为生气，说他念错了，学生就回来报告。艾子又叫名通的学生去，那学生一看这个真字，马上说，这是直八两个字，老人大为开心，就给他们水喝了。后来，艾子说，人要像通一样才能达，如果都像执一样'认真'，连一口水都喝不到了！"他笑笑，望着雨秋，"这故事给我的启示很多，你知道吗？秦阿姨，我就是名执的学生，对一切事都太认真了。"

雨秋欣赏地看着他。

"你会成功，江苇，"她说，"尽管认真吧，别怕没水喝，云涛多的是咖啡！"

大家都笑了。晓妍一直追问那首"骂人诗"，于是，雨秋念了出来，大家就笑得更厉害了。江苇问："秦阿姨，你真不怕挨骂吗？"

雨秋的笑容收敛了，她深思了一下。

"不，江苇，并不是真的不怕。人都是弱者，都有软弱的一面，虚荣心是每个人与生俱来的东西，我即使不怕挨骂，也总不见得会喜欢挨骂，问题在于，人是不能离群独居的动物。我画画，希望有人欣赏。你写作，希望有人接受。彩笔和文字是同样的东西，传达的是思想，如果不能引起共鸣，而只能引起责骂，那么，就是你那句话，我们会变得非常寂寞。而寂寞，是谁也不能忍受的东西，是吗？所以，我所谓的'不怕挨骂'，是在也有赞美的情况下而言。毁誉参半，是所有艺术家、文学家都可能面临的，关于毁的那一面，有他们的看法，姑且不论。誉的一面，就是共鸣了。能有共鸣者，就不怕毁谤者了。"

"可是——"江苇热心地说，"假如曲高和寡，都是骂你的人，是不是就表示你失败了？"

"那要看你在自己心里，是把真字念成真呢，还是直八了。"她笑着说，又想了想，"不过，我不喜欢曲高和寡这句话，这几个字实在害人。文学，真正能够流传的，都是通俗的，像《三国演义》《水浒传》《西游记》，甚至《金瓶梅》《红楼梦》，哪一本不通俗？文学和艺术都一样，要做到雅俗共赏，比曲高和寡好得多！现在看元曲觉得艰深，以前那只是戏剧！词是可以唱的、最老的文学，一部《诗经》，只是孔子收集的民谣而已。谁说文学一定要曲高和寡，文学是属于大众的！"

江苇注视着雨秋，然后，他掉头对雨柔说："雨柔，你应该早一点带我来见秦阿姨！"

雨柔迷惑地看着雨秋，她喃喃地说："我自己也奇怪，为什么我到今天才见到秦阿姨！"

看到大家都喜欢雨秋，晓妍乐了，她瞪大眼睛，真挚地说："你们知道我阿姨身上有什么吗？她有好几个口袋，一个装着了解，一个装着热情，一个装着思想，一个装着她的诗情画意。她慷慨成性，所以，她随时把她口袋里的东西，掏出来送人！你们喜欢礼物吗？我姨妈浑身都是礼物！"

"晓妍！"雨秋轻声喊，但是，她却觉得感动，她从没有听过晓妍用这种比喻和方式来说话，她总认为晓妍是个调皮可爱的孩子，这一刻，才发现她是成熟了，长大了，有思想和见地了。

"姨妈！"晓妍热烈地看着她，脸红红的，"如果你不是那么好，你怎么会整夜坐在电话机旁边找雨柔呢！"

一句话提醒了俊之，也提醒了雨柔和江苇，他们都望着雨秋，还是俊之问出来："真的，雨秋，你怎么会找到雨柔的？"

雨秋微笑了一下，接着，她就轻轻地叹息了。靠在沙发里，她握着咖啡杯，眼光显得深邃而迷蒙。

"事实上，这是误打误撞找到的。"她说，抬眼看了看面前那群孩子们，"你们知道，我是怎么长大的吗？我父母从没有了解过我，我和他们之间，不只有代沟，还有代河，代海，那海还是冰海，连融化都不可能的冰海。在我的少女时期，根本就是一段悲惨时期！出走，雨柔，"她凝视着那张纤柔清丽的脸庞，"我起码出走过二十次，那时的我，不像现在这样洒脱，这样无拘无束，这样满不在乎。那时，我是个多愁善感，动不动就想掉眼泪的女孩子。我悲观、消极、愤世嫉俗。每次出走后，我就有茫茫人海，不知何所归依的感觉，我并没有你这么好的运气，雨柔，那时，我没有一个江苇可以投奔。出走之后怎么办呢？恨那个家，怨那个家，可是，那毕竟是个家！父母再不了解我，也毕竟是我的父母，于是，我最后还是回去，带着满心的疲惫、痛苦与无奈，回去，只有这一条路！后来，再出走的时候，我痛恨回去，于是，我强烈地想做一件事：自杀！"她停下来，望着雨柔。

"我懂了，"雨柔低语，"你以为我自杀了。"

"是的，"雨秋点点头，"我想你可能会自杀，如果你觉得自己无路可走的话。于是，我打电话到每一家医院的急诊室，终于误打误撞地找到了你。"她凝视她的手："你的手如何受伤的，雨柔？"

雨柔把手藏在怀里，脸红了。

"椅子上有个钉子……"她喃喃地说。

"你让钉子划破你的手？"她深深地望着她，摇了摇头，"你想：让我流血死掉吧！反正没人在乎！流血吧，死掉吧！我宁可死掉……"

"秦阿姨，"雨柔低声说，"你怎么知道？"

"因为——我是从你这么大活过来的，我做过类似的事情。"

江苇打了个寒战，他盯着雨柔。

"雨柔！"他哑声地、命令地说，"你以后再也不可以有这种念头！雨柔，"他在桌下握住她没受伤的手，"你再也不许！"

"哦，爸爸，"雨柔转向父亲，"江苇好凶，他总是对我说不许这个，不许那个！"

"哈！"子健笑了，"已经开始告状了呢！江苇，你要倒霉了，我爸爸是最疼雨柔的，将来啊，有你受的！"

"他倒不了霉，"俊之摇头，"如果我真骂了江苇，我们这位小姐准转回头来说：老爸，谁要你管闲事！"

大家都笑了起来。这一番团聚，这一个早餐，一直吃了两个多小时，谈话是建立在轻松、愉快、了解与热爱上的。

当"早餐"终于吃完了。俊之望着雨柔："雨柔，你应该回家了吧！"

雨柔的神色暗淡了起来。

"爸爸，"她低语，"我不想见妈妈。"

"雨柔，"俊之说，"你知道她昨天哭了一天一夜吗？你知道她到现在还没有休息吗？而且——"他低叹，重复了雨秋的话，"母亲总是母亲！是不是？我保证，你和江苇的事，再也不会受到阻碍，只是……"他抬头眼望着江苇，"江苇，你让我保留她到大学毕业，好吗？"

"贺伯伯，"江苇肃然地说，"我听您的！"

"那么，"他继续说，"也别把雨柔母亲的话放在心上，她——"他摇摇头，满脸的萧索及苦恼，"我不想帮她解释，天知道，我和她之间，一样有代沟。"

这句话，胜过了任何的解释，江苇了解地看着俊之。

"贺伯伯，您放心。"他简短地说。

"那么，"雨秋故作轻快地拍拍手，"一阵风暴，总算雨过天晴，大家都心满意足，我们也该各归各位了。"她站起身来："我要回家睡觉了，你们……"她打了个哈欠，望着江苇，"江苇，你准是一夜没睡，我建议你也回家睡觉，让雨柔跟她父亲回家，去安安那个母亲的心。晓妍……"她住了口。

"姨妈，"晓妍的手拉着子健，"我可不可以……"

"可以可以！"雨秋慌忙说，"这个姨妈满口袋的了解，还有什么不可以呢？你跟子健去玩吧！不管你们怎么样，我总之要先走一步了！"她转身欲去。

"姨妈!"晓妍有些不安的,"你一个人在家,会不会觉得……"

"孤独吗?"雨秋笑着接话,"当然是的。寂寞吗?"她很快地扫了他们全体一眼,"怎么可能呢?"转过身子,她翩然而去。那绿色的身影,像一片清晨的、在阳光下闪烁着的绿叶,飘逸、轻盈地消失在门外了。

俊之对着那门口,出了好久好久的神。直到雨柔喊了一声:"爸爸,我们回家吗?"

"是的,是的,"他回过神来,咬紧了牙,"我们——回家!"

雨秋回到了家里。

一夜没睡,她相当疲倦,但是,她也有种难言的兴奋。浪花!她在模糊地想着,浪花!像晓妍、子健、雨柔、江苇,他们都是浪花!有一天,这些浪花会掩盖所有旧的浪花!浪花总是一个推一个地前进,无休无止。只是,自己这个浪花,到底在新的里面,还是在旧的里面,还是在新浪与旧浪的夹缝里?她不知道,她真的不知道,但是,她也不想知道。她只想洗个热水澡,好好地睡一觉。

洗完澡,躺在床上的时候,她又开始思想了,思想,就是这样奇妙的东西,你永远不可能装个开关关掉它。她想着雨柔和江苇,这对孩子竟超乎她的预料地可爱,一对年轻人!

充满了梦想与魄力的年轻人!他们是不畏风暴的,他们是会顶着强风前进的!尤其江苇,那会是这一群孩子中最突出的一个。想到这儿，她就不能不联想到雨柔的母亲，怎会有一个母亲，把这样的青年赶出家门？怎会？怎会？怎会？雨柔和子健的母亲，俊之的妻子，幸福的家庭……她阖上眼睛，脑子里是一片凌乱，翻搅不清的情绪，像乱丝一般纠缠着。她深深叹息，她累了，把头埋进枕头里，她睡着了。

她不知道自己睡着了多久，梦里全是浪花，一个接一个的浪花。梦里，她在唱一支歌，一支中学时代就教过的歌。

"月色昏昏，涛头滚滚，恍闻万马，齐奔腾。澎湃怒吼，震撼山林，后拥前推，到海滨。"她唱了很久的歌，然后，她听到铃声，浪花里响着清脆的铃声。风在吼、浪在啸、铃在响。铃在响？铃和浪有什么关系？她猛然醒了过来，这才听到，门铃声一直不断地响着，暮色已经充满了整个的房间。

她跳下床来，披上睡袍，这一觉竟从中午睡到黄昏。她甩了甩头，没有甩掉那份睡意，她蒙蒙眬眬地走到大门口，打开了房门。

门外，贺俊之正挺立在那儿。

"哦，"她有些意外，"怎么？是你？这个时间？你不在家休息？不陪陪雨柔？却跑到这儿来了？"

他走进来，把房门合拢。

"不欢迎吗？"他问，"来得很多余，是不是？"

"你带了火药味来了！"她说，让他走进客厅，"你坐一下，我去换衣服。"她换了那件宽宽大大的印尼衣服出来，他目不转睛地望着她。她刚睡过觉，长发蓬松，眼睛水汪汪的，面颊上睡靥犹存。她看来有些儿惺忪、有些儿蒙眬、有些儿恍惚、有些儿懒散。这，却更增加了她那份天然的妩媚和动人的韵致。

她把茶递给他，坐在他的对面。

"家里都没事了？"她问，"雨柔和母亲也讲和了？是吗？你太太——"她沉吟片刻，看看他的脸色，"只好接受江苇了，我猜。她斗不过你们父女两个。"

俊之沉默着，只是静静地看着她。

"其实，"雨秋又说，她在他的眼光下有些瑟缩，她感到不安，感到烦恼，她迫切地要找些话来讲，"江苇那孩子很不错，有思想，有干劲，他会成为一个有前途的青年。这一下好了，你的心事都了了，儿女全找着了他们的伴侣，你也不用费心了。本来嘛，孩子有自己的世界，当他们学飞的时候，大人只能指导他们如何飞，却不能帮他们飞，许多父母，怕孩子飞不动，飞不远，就去限制他们飞，结果，孩子就根本……"她的声音越来越低，因为，他的面颊在向她迫近，"……就根本不会飞了。"

他握住了她的手，他的眼睛紧盯着她。

"你说完了吗？"他问。

"完了。"她轻语，往后退缩。

"你知道我不是来和你讨论孩子们的。"他再逼近一步。

"我要谈的是我们自己。说说看，为什么要这样躲避我？"

她惊跳起来。

"我去帮你切点西瓜来，好吗？"

"不要逃开！"他把她的身子拉回到沙发上，"不要逃开。"

他摇头，眼光紧紧地捉住了她的："假若你能不关心我，"他轻声说，"你就不会花那么多时间去找雨柔了，是不是？"

"人类应该互相关心。"她软弱地说。

"是吗？"他盯得她更紧了，他的声音低沉而有力，"坦白说出来吧，雨秋，你是不逃避的，你是面对真实的，你是挑战者，那么，什么原因使你忽然逃避起我来了？什么原因？你坦白说吧！"

"没有原因，"她垂下眼睑，"人都是矛盾的动物，我见到子健，我知道你有个好家庭……"

"好家庭！"他打断她，"我们是多么虚伪啊！雨秋！经过昨天那样的事情，你仍然认为我有一个好家庭，好太太，幸福的婚姻？是吗？雨秋？"

雨秋猝然间激怒了，她昂起头来，眼睛里冒着火。

"贺俊之，"她清晰地说，"你有没有好家庭，你有没有幸福的婚姻，关我什么事？你的太太是你自己选择的，又不是我给你做的媒，你结婚的时候，我才只有七八岁，你难道要我负责任吗？"

"雨秋！"俊之急切地说，"你明知道我不是这意思！你不要跟我胡扯，好不好？我要怎样才能说明白我心里的话？雨秋，"他咬牙，脸色发青了，"我明说，好吗？雨秋，我要你！我这一生，从没有如此迫切地想要一样东西！雨秋，我要你！"

她惊避。

"怎么'要'法？"她问。

他凝视着她。

"你不要破碎的东西，你一生已经面临了太多的破碎，我知道，雨秋，我会给你一个完整的。"

她打了个寒战。

"我不懂你的意思。"她低语。

"明白说，我要和她离婚，我要你嫁给我！"

她张大眼睛，瞪视着他。瞪了好一会儿，然后，一层热浪就冲进了她的眼眶，模糊了她的视线，俊之的脸，成了水雾中的影子，哽塞着，她挣扎地说："你不知道你在讲什么。"

"我知道，"他坚定地说，握紧了她，"今天在云涛，当你侃侃而谈的时候，我已经知道了，我这一生不会放过你，牺牲一切，家庭事业，功名利禄，在所不惜。我要你，雨秋，要定了！"

泪滑下了她的面颊。

"你要先打碎一个家庭，再建设一个家庭？"她问，"这样，就是完整的吗？"

"先破坏，才能再建设。"他说，"总之，这是我的问题，我只是告诉你，我要娶你，我要给你一个家。我不许你寂寞，也——不许你孤独。"他抬眼看墙上的画像："我要你胖起来，再也不许，人比黄花瘦！"

她凝视他，泪流满面。然后，她依进了他的怀里，他立刻紧拥住她。俯下头来，他找着了她的嘴唇，涩涩的泪水流进了他的嘴里，她小小的身子在他怀中轻颤。然后，她扬起睫毛，眼珠浸在雾里，又迷蒙、又清亮。

"听我一句话！"她低声说。

"听你所有的话！"他允诺着。

"那么，不许离婚！"

他震动，她立即接话："你说你要我，是的，我矜持过，我不愿意成为你的情妇。我想，我整个人的思想，一直是在矛盾里。我父母用尽心机，要把我教育成一个规规矩矩的女孩。我接受了许多道德观念，这些观念和我所吸收的新潮派，和我的反叛性，和我的'面对真实'一直在作战。我常常会糊涂掉，不知道什么是'是'，什么是'非'。我逃避你，因为我不愿成为你的情妇，因为这违背了我基本的道德观念，这是错！然后我想，我和你恋爱，也是错的！你听过'畸恋'两个字吗？"

"听过。"他说，"你怕这两个字？你怕世人的指责！你知不知道，恋爱本身是没有罪的。红拂夜奔，司马琴挑，张生跳墙……以当时的道德观点论，罪莫大焉，怎么会传为千古佳话！人，人，人，人多么虚伪！徐志摩与陆小曼，郁达夫与王映霞，在五四时代就闹得轰轰烈烈了，为什么我们今天还要读徐志摩日记？我们是越活越倒退了，现在还赶不上五四时代的观念了！畸恋，畸恋，发明这两个字的人，自己懂不懂什么叫爱情，还成问题。好吧，就算我们是在畸恋，就算我们会受到千夫所指，万人所骂，你就退却了？雨秋，雨秋，我并不要你成为我的情妇，我要你成为我的妻子，离婚是法律所允许的，是不是？你也离了婚，是不是？"

"我离婚，是我们本身的问题，不是为了你。你离婚，却是为了我！"她幽幽地说，"这中间，是完全不同的。俊之，我想过了，你能这样爱我，我夫复何求？什么自尊，什么道德，我都不管了！我只知道，破坏你的家庭，我于心不忍，毁掉你太太的世界，我更于心不忍。所以，俊之，你要我，你可以有我，"她仰着脸，含着泪，清晰地低语，"我不再介意了，俊之，不再矜持了，要我吧！我是你的。"

他捧着她的脸，闭上眼睛，他深深地战栗了。睁开眼睛来，他用手抹去她面颊上的泪痕。

"这样要你，对你太不公平。"他说，"我宁可毁掉我的家庭，不能损伤你的自尊。"他把她紧拥在胸前，用手抚摸她的头发。他的呼吸，沉重地鼓动着他的胸腔，他的心脏，在剧烈地敲击着："我要你，"他一个字一个字地说，"做我的妻子，不是我的情妇！"

"我说过了，"她也一个字一个字地说，"你不许离婚！"

他托起她的下巴，他们彼此瞪视着，愕然地、惊惧地、彷徨地、苦恼地对视着，然后，他一把拥紧了她，大声地喊："雨秋！雨秋！请你自私一点吧！稍微自私一点吧！雨秋！雨秋！世界上并没有人会因为你这么做而赞美你，你仍然是会受到指责的，你难道不知道吗？"

"我知道。"她说，"谁在乎？"

"我在乎。"他说。

她不说话了，紧依在他怀里，她一句话也不说了，只是倾听着他心跳的声音。一任那从视窗涌进来的暮色，把他们软软地环抱住。

雨秋的画展，是在九月间举行的。

那是一次相当引人注目的画展，参观的人络绎不绝，画卖得也出乎意料地好，几乎百分之六十的画，都卖出去了，对一个新崛起的画家来讲，这成绩已经很惊人了。在画展期间，晓妍和子健差不多天天都在那儿帮忙，晓妍每晚要跑回来对雨秋报告，今天卖了几张画，大家的批评怎样怎样，有什么名人来看过等。如果有人说画好，晓妍回来就满面春风，如果有人说画不好，晓妍回来就掀眉瞪眼。她看来，比雨秋本人还热心得多。

雨秋自己，只在画展的头两天去过，她穿了件曳地的黑色长裙，从胸口到下摆，是一枝黄色的长茎的花朵，宽宽的袖口上，也绣着小黄花，她本来就纤细修长，这样一穿，更显得"人比黄花瘦"。她穿梭在来宾之间，轻盈浅步，摇曳生姿。俊之不能不一直注视着她，她本身就是一幅画！一幅充满诗情画意的画。

画展的第二天，有个姓李的华侨，来自夏威夷，参观完了画展，他就到处找雨秋，雨秋和他倾谈了片刻，那华侨一脸的崇敬与仰慕，然后，他一口气订走了五幅画。俊之走到雨秋身边，不经心似的问："他要干吗？一口气买你五幅画？也想为你开画展吗？"

"你倒猜对了，"雨秋笑笑，"他问我愿不愿意去夏威夷，他说那儿才是真正画画的好地方。另外，他请我明天吃晚饭。"

"你去吗？"

"去哪儿？"雨秋问，"夏威夷还是吃晚饭？"

"两者都在内。"

"我回答他，两者都考虑。"

"那么，"俊之盯着她，"明晚我请你吃晚饭！"

她注视他，然后，她大笑了起来。

"你想到什么地方去了？你以为他在追求我？"

"不是吗？"他反问，"他叫什么名字？"

"李凡，平凡的凡。名字取得不坏，是不是？"

"很多人都有不坏的名字。"

"他在夏威夷有好几家旅馆，买画是为了旅馆，他说，随时欢迎我去住，他可以免费招待。"

"还可以帮你出飞机票！"俊之没好气地接话。

"哈哈！"她爽朗地笑，"你在吃醋。"

"反正，"他说，"你不许去什么夏威夷，也不许去吃什么晚饭，明天起，你的画展有我帮你照顾，你最好待在家里，不要再来了，否则，人家不是在看画，而是在看人！"

"哦，"她盯着他，"你相当专制呵！"

"不是专制，"他低语，"是请求。"

"我本来也不想再来了，见人，应酬，说话，都是讨厌的事，我觉得我像个被人摆布的小玩偶。"

于是，她真的就再也不去云涛了，一直到画展结束，她都没在云涛露过面。十月初，画展才算结束，但是，她剩余的画仍然在云涛挂着。这次画展，引起了无数的评论，有好的，有坏的，正像雨秋自己所预料"毁誉参半"，但是，她却真的成名了。

"名"，往往是件很可怕的东西，雨秋发现自己再也不能像以往那样潇潇洒洒地满街乱逛了，再也不能跑到餐馆里去大吃大喝了，到处都有人认出她来，而在她身后指指点点。尤其，是她和俊之在一起的时候。

这天，他们又去吃牛排，去那儿的客人都是相当有钱有地位有来头的人物。那晚的雨秋特别漂亮，她刻意地打扮了自己，穿了一件浅紫色的缎子的长袖衬衫，一条纯白色的喇叭裤，耳朵上坠着两个白色的圈圈耳环。淡施脂粉，轻描眉毛，由于是紫色的衣服，她用了紫色的眼影，显得眼睛迷漫如梦。坐在那儿，她潇洒脱俗，她引人注目，她与众不同，她高雅华贵。俊之点了菜，他们先饮了一点儿红酒。

气氛是迷人的，酒味是香醇的，两人默默相视，柔情万种，连言语似乎都是多余的。就在这时候，隔桌有个客人忽然说了句："瞧，那个女人就是最近大出风头的女画家！名叫秦雨秋的！"

"是吗？"一个女客在问，"她旁边的男人是谁？"

"当然是云涛的老板了！"一个尖锐的女音，"否则，她怎么可能这样快就出名了呢？你难道不知道，云涛画廊已经快成为她私人的了！"

俊之变了色，他转过头去，恶狠狠地瞪着那桌人，偏偏那个尖嗓子又酸溜溜地再加了两句："现在这个时代呀，女人为了出名，真是什么事都肯干，奇装异服啦，打扮得花枝招展啦！画家，画家跟歌女明星又有什么不同？都要靠男人捧才能出名的！你们知不知道，例如×××……"她的声音压低了。

俊之气得脸发青，把餐巾扔在桌上，他说："我没胃口了，雨秋，我们走！""坐好！"雨秋安安静静地说，端着酒杯，那酒杯的边缘碰触着她的嘴唇，她的手是稳定的，"我的胃口好得很，我来吃牛排，我还没吃到，所以不准备走！"她喝着酒，他发现她大大地饮了一口："你必须陪我吃完这餐饭！"她笑了，笑得开心，笑得洒脱。她一面笑，一面喃喃地念着："闻道人须骂，人皆骂别人，有人终须骂，不骂不成人，骂自由他骂，人还是我人，请看骂人者，人亦骂其人！"她笑着，又喝了一大口酒。

俊之用手支着头，望着她那副笑容可掬的脸庞，只觉得心里猛地一阵抽痛，一时间，竟不知该如何是好。

那晚，回到雨秋的家，俊之立刻拥住了她。

"听我！"他说，"我们不能这样子下去！"

雨秋瞅着他，面颊红艳艳的，她喝了太多的酒，她又笑了起来，在他怀中，她一直笑，一直笑，笑不可抑。

"为什么不能这样子下去？"她笑着说，"我过得很快乐，真的很快乐！"她又笑。

"雨秋！"他注视着她，"你醉了。"

"你知道李白说过什么话吗？"她笑仰着脸问，然后，她挣开了他，在客厅中旋转了一下身子，他那缎子衣袖又宽又大，在空中划出一条优美的线条，她喜欢穿大袖口的衣服。

"五花马，千金裘，呼儿将出换美酒，与尔同销万古愁！"她又转了一下，停在俊之面前，"怎样？忧愁的俊之，你那么烦恼，我们不如再开一瓶酒，与尔同销万古愁！好不好？"

他把她一把抱了起来。

"你已经醉了，回房睡觉去，你根本一点酒量也没有，你去睡一睡。"

她横躺在他怀抱里，很听话，很乖，一点也不挣扎，只是笑。她用手勾着他的脖子，长发摩擦着他的脸，她的唇凑着他的耳朵，她悄悄地低语："我要告诉你一个秘密。"

"是什么？"他问。

她更紧地凑着他的耳朵，好轻好轻地说："我爱你。"

他心为之颤，神为之摧。再看她，她已经躺在他怀里睡着了，那红扑扑的面颊，红润润的嘴唇，像个小婴儿。他把她抱进卧房，不舍得把她放下来，俯下头，他吻着她的嘴唇，她仍然知道反应。终于，他把她放在床上，为她脱去了鞋子，拉开棉被，他轻轻地盖住了她。她的手绕了过来，绕住了他的脖子，她睡梦蒙眬地说："俊之，请不要走！"

他震动了一下，坐在床沿上，他哑声说："你放心，我不走，我就坐在这儿陪你。"

她的手臂软软地垂了下来，她的头发散在枕头上，她呓语般地低声说了句："俊之，我并不坚强。"

他愣了愣，心里一阵绞痛。

她翻了个身，把面颊紧埋在枕头里，他弯腰摘下了她的耳环。她又在喃喃地呓语了，他把她的长发从面颊上掠开，听到她正悄声地说着："妈妈说的，不是我的东西，我就不可以拿。我……不拿不属于我的东西，妈妈说的。"

她不再说话，不再呓语，她沉入沉沉的睡乡里去了。

他却坐在那儿，燃起一支烟。他很少抽烟，只在最苦闷的时间里，才偶尔抽一支。他抽着烟，坐着，在烟雾下望着她那张熟睡的脸庞，他陷入深深的沉思里。

同一时间，贺家却已经翻了天。

不知是哪个作家说过的，如果丈夫有了外遇，最后一个知道的一定是妻子。婉琳却并不是最后一个知道的，打雨秋开画展起，她已经听到了不少风风雨雨。但是，她在根本上就拒绝相信这件事。二十几年的夫妻，俊之从来没有背叛过她。他的规矩几乎已经出了名了，连舞厅酒家，他都不肯涉足，这样的丈夫，怎会有外遇呢？他不过是业务上的关系，和一个女画家来往的次数频繁了一点而已。她不愿去追究这件事，尤其，自从发生了雨柔出走的事件之后，俊之对她的态度就相当恶劣，他暴躁不安而易发脾气，她竟变得有些儿怕他了。她如果再捕风捉影，来和俊之吵闹的话，她可以想象那后果。因此，她沉默着。但，在沉默的背后，她却也充满了畏怯与怀疑。不管怎样相信丈夫的女人，听到这一类的传言，心里总不会很好受的。

这天午后，杜峰的太太打了个电话给她，她们都是二十几年的老朋友了，杜太太最恨杜峰的"逢场作戏"，曾经有大闹酒家的记录。每次，她和杜峰一吵架，就搬出俊之来，人家贺俊之从不去酒家！人家贺俊之从不包舞女！人家贺俊之对太太最忠实！现在，杜太太一得到消息，不知怎的，心里反而有份快感，多年以来，她羡慕婉琳、嫉妒婉琳，谁知婉琳也有今天！女人，是多么狭窄、多么自私，又多么复杂的动物！

"婉琳，"她在电话里像开机关枪般地诉说着，"事情是千真万确的了，他们出双入对，根本连人都不避。秦雨秋那女人我熟悉得很，她是以浪漫出了名的，我不但认得她，还认得秦雨秋的姐姐秦雨晨，秦雨晨倒是个规规矩矩的女人，可是雨秋呵，十六七岁开始就乱交朋友，闹家庭革命，结婚、离婚、恋爱，哎哟，就别提有多少风流韵事。我们活几辈子的故事，只够她闹几年的。现在她是抓住俊之了，以她那种个性，她才不会放手呢！据他们告诉我，俊之为她已经发疯了，婉琳，你怎么还蒙在鼓里呢？"

婉琳握着听筒，虽然已经是冬天了，她手心里仍然冒着汗，半天，她才嗫嗫嚅嚅地说："会……会不会只是传言呢？"

"传言！"杜太太尖叫，"你不认得雨秋，你根本不知道，你别糊涂了，婉琳！说起来，这件事还是杜峰不好，你知道，雨秋是杜峰介绍到云涛去的。凭雨秋那几笔三脚猫似的画，怎么可能出名呢？俊之又帮她开酒会，又帮她开画展，又为她招待记者，硬把她捧出名来……"

"或者……或者……或者俊之是为了生意经。"婉琳结结巴巴的，依然不愿接受这件事。

"哦，婉琳，你别幼稚了，俊之为别的画家这样努力过吗？你想想看！"

真的，婉琳头发昏了，这是绝无仅有的事！

"怎……怎么会呢？那个秦——秦雨秋很漂亮吗？"

"漂亮？"杜太太叫着，"天知道！不过普普通通而已。但是她会打扮，什么红的、黄的、紫的……她都敢穿！什么牛仔裤啦、喇叭裤啦、紧身衫啦、热裤啦，她也都敢穿，这种女人不用漂亮，她天生就会吸引男人！她姐姐一谈起她来就恨得牙痒痒的，你知道，雨晨的一个女儿就毁在雨秋手里，那孩子才真漂亮呢！我是眼看着晓妍长大的……"

"你……你说什么？"婉琳更加昏乱了，"晓妍？是……是不是戴晓妍？"戴晓妍，子健的女朋友，也带到家里来过两次，坐不到十分钟，子健就把她匆匆带走，那女孩有对圆圆的大眼睛，神气活现，像个小机灵豆儿。她也曾要接近那孩子，子健就提高声音喊："妈，别盘问人家的祖宗八代！"

她还敢管孩子们的事吗？管一管雨柔，就差点管出人命来了，结果，还不是她投降？弄得女儿至今不高兴，江苇是怎么也不上门，俊之把她骂得体无完肤，说她幼稚无知。她还敢管子健的女友吗？问也不敢问。但是，怎么……怎么这孩子会和秦雨秋有关呢！

"是呀！就是戴晓妍！"杜太太叫着，"你怎么知道她姓戴？反正，晓妍就毁在雨秋手里了！"

"怎么呢？"她软弱地问，手心里的汗更多了。

"晓妍本来也是个好孩子，她们戴家的家教严得很，可是，晓妍崇拜雨秋，什么都跟雨秋学，雨秋又鼓励她，你猜怎么着？"她压低了声音，"晓妍十六岁就出了事，怀过一个孩子，你信吗？才十六岁！戴家一气，连女儿也不要了，雨秋就干脆把晓妍接走了，至于那个孩子，到底是怎样了，我们就弄不清楚了。就凭这一件事，你就知道雨秋的道德观念和品行了！"

婉琳的脑子里轰然一响，像有万马奔腾，杜太太叽里咕噜地还说了些什么，她就全听不清楚了。当电话挂断之后，她呆呆地在沙发里坐了下来，眼睛发直，脸色惨白，她动也不动地坐着。事情一下子来得太多，太突然，实在不是她单纯的脑筋所能接纳的。俊之和秦雨秋，子健和戴晓妍。她昏了，她是真的昏了。

她没有吃晚饭，事实上，全家也没有一个人回家吃晚饭，雨柔没回来，子健没回来，俊之也没回来。一个人吃饭是什么味道？她没有吃，只是呆呆地坐着，像一座雕刻的石像。

七点多钟，雨柔回来了。看到母亲的脸色不对，她有些担忧地问："妈！你怎么了？生病了吗？"

婉琳抬头看了雨柔一眼，你真关心吗？你已经有了江苇，又有你父亲和哥哥帮你撑腰，我早就成了你的眼中钉，我是每一个人的眼中钉！她吸了口气，漠然地说："我没什么。"

雨柔甩甩头，有些不解。但是，她心灵里充满了太多的东西，她没有时间来顾及母亲了。她上楼去了。

婉琳仍然呆坐着。好了，雨柔有了个修车工人做男朋友，子健有了个堕落的女孩做女朋友。俊之，俊之已经变了心，这世界，这世界还存在吗？婉琳！杜太太的声音在她身边响起，拿出一点魄力来，你不要太软弱，不要尽受人欺侮！你是贺家的女主人呀！

贺家的女主人！是吗？是的，她是贺俊之的太太，她是雨柔和子健的母亲！二十几年含辛茹苦，带孩子，养孩子，持家，做贤妻良母，她到底什么地方错了？她在这家庭里为什么没有一点儿地位？得不到一点儿尊敬？

一声门响，她抬起头来，子健像一阵旋风般冲了进来。一进门就直着脖子大喊大叫："雨柔！雨柔！"

雨柔跑了出来。

"干什么，哥哥？"她问。

"晓妍在外面，"子健笑着说，"她一定要我拉你一起去打保龄球，她说要和你比赛！"

"我怎么打得过她？"雨柔也笑着，"我的球只会进沟，你和她去不好吗？""她喜欢你！"子健说，"这样，你陪她先打，我去把江苇也找来，四个人一起玩……"他一回头，才发现了母亲，他歉然地笑笑，"妈，对不起，我们还要出去，晓妍在外面等我们！妈？"他皱起眉头："你怎么了？"

"子健，"婉琳的手暗中握紧了拳，声音却是平平板板的，"请你的女朋友进来几分钟好不好？"

"好呀！"子健愕然地说，回头对门外大叫了一声，"晓妍，你先进来一下！"

晓妍很快地跑进来了，黑色的紧身毛衣，裹着一个成熟而诱人的胴体，一条短短的、翠绿色的迷你裙，露出了修长、停匀而动人的腿。短发下，那张年轻的脸孔焕发着青春和野性的气息。那水汪汪的眼睛、那大胆的服装、那放荡的模样、那不害羞的淫笑……

"贺伯母！"晓妍点了点头，心无城府地笑着，"我来约雨柔去玩……"

婉琳站起身来，走到晓妍的面前，她目不转睛地盯着她的脸，就是这个女孩！她和她的姨妈！怒火在她内心里疯狂般地燃烧，她的手握得更紧了，她的声音里已带着微微的颤抖："你叫戴晓妍？"她咬牙问。

"是呀！"晓妍惊愕地说，莫名其妙地看了子健一眼，子健蹙着眉，耸耸肩，同样的困惑。

"你的姨妈就是秦雨秋？"婉琳继续问。

"是呀！"晓妍扬着眉毛，天真地回答。

"那么，"婉琳提高了声音，"你就是那个十六岁就怀孕的小太妹？你姨妈就是去抢别人丈夫的贱女人？你们这两个下贱的东西，你们想拆掉我们贺家是不是？老的、小的，你们这两个卑鄙下流的烂污货！你们想把我们家一网打尽吗？你……你还不给我滚出去！你……"

晓妍吓呆了，倏然间，她那红润的面颊上一点血色也没有了。她张着嘴，无法说话，只是拼命摇头，拼命向后退。婉琳却对她节节紧逼。

"妈！"子健狂喊了一声，扑过去，他拦在母亲和晓妍的中间，用手护着晓妍，他大声地对母亲叫，"你要干什么？妈！你怎能这样说话？你怎能……"

"你让开！"婉琳发疯般地喊，"我要打她！我要教训她！看她还敢不敢随便勾引男孩子！"她用力地推子健，眼泪流了一脸，"你让开！你让开！你让开……"

"妈！"雨柔叫，也冲过来，用手臂一把抱住母亲，"你冷静一点，妈！你冷静一点！妈妈！妈……"

"我要揍她！我要揍她！我要揍她！"婉琳挣扎着，疯狂地大吼大叫，积压已久的怒火和痛苦像决堤的河水般泛滥开来，她跺脚，扑打，又哭又叫。

晓妍睁大了眼睛，她只看到婉琳那张泼妇似的脸，耳朵里像回声般回荡着无数的声音：下贱，卑鄙，勾引男孩子，不要脸……要揍她！要揍她！要揍她……她的神志开始涣散，思想开始零乱，那些久远以前的记忆又来了，鞭打，痛殴，捶楚……浑身都痛，到处都痛……终于，她像受伤的野兽般狂叫了一声，转过身子，她冲出了贺家的大门。

"快！"雨柔喊，双手死命抱住母亲，"哥哥！快去追晓妍！快去！"她闭上眼睛，泪水滑了下来，历史，怎能重演呢？

子健转过身子，飞快地冲了出去，他在大门口就追到了晓妍，他一把抱住她，晓妍拼命踢着脚，拼命挣扎，一面昏乱地、哭泣地、尖声地喊着："姨妈！我要姨妈！我要姨妈！"

"我带你去找姨妈！"子健说，抱紧了她，"晓妍，没有人会伤害你，"他眼里充满了泪水，哽塞地说，"我带你去找姨妈！"

第八章

子健带着晓妍回到家里的时候，雨秋正沉睡着，俊之还坐在她身边，默默地抽着烟，默默地望着她。那疯狂的门铃声把俊之和雨秋都惊动了，雨秋在床上翻身，迷蒙地张开眼睛来，俊之慌忙说："你睡你的，我去开门！"

大门一打开，子健拉着晓妍，半搂半抱地和她一块儿冲进了房子，晓妍泪流满面，在那儿不能控制地号啕痛哭，子健的脸色像一张白纸，看到俊之，他立刻说："爸，姨妈呢？"

俊之呆了，他愕然地问："怎么了？发生了什么事？"

"先别管什么事，"子健焦灼地喊："姨妈呢？"

雨秋出来了，扶着墙，她酒意未消，睡意蒙眬，她微蹙着眉，柔声问："什么事？"

一看到雨秋，晓妍就哇的一声，更加泣不可抑了。她扑奔过去，用双手紧抱住雨秋，身子溜到地板上，坐在地上，她抱着雨秋的腿，把脸紧埋在她那白色的喇叭裤里。她哭喊着："姨妈，我不能活了！我再也不能活了！"

雨秋的酒意完全醒了，摇了摇头，她硬摇掉了自己那份迷蒙的睡意。她用手揽着晓妍的头，抬起眼睛来，她严厉地看着子健："子健，你们吵架了吗？"她问，"你把她怎么样了？你对她说了些什么？"

"不是我！不是我！"子健焦灼地说，"是妈妈！"他转头对着父亲："爸，你最好回去，妈妈发疯了！不知道是哪一个混账王八蛋在妈妈面前多了嘴，妈妈什么都知道了！连晓妍的底细都知道了！偏偏那么不凑巧，我会把晓妍带回家去，妈妈像发狂了一样，她说……她说……"他瞪视着雨秋和晓妍，无法把母亲那些肮脏的句子说出口，他咬紧牙，只是苦恼地摇头。

雨秋的酒意是真的全消了，睡意也消了，她抬起眼睛，默默地望了俊之一眼，就弯下身子，把晓妍从地上拉起来，她轻柔如梦地说："晓妍，起来。"

晓妍顺从地站起身来，雨秋拉着她，坐到沙发上，晓妍仍然把头埋在她怀中，现在，她不号啕大哭了，只是轻声地呜咽，一面低低地细语着："姨妈，你骗了我，你说我还是好女孩，我不是的！姨妈，我不是的！你骗了我，你骗了我！"

雨秋把晓妍的头紧揽在胸前，她一句话也不说，只是温柔地抚摸着晓妍的短发。然后，大颗大颗的泪珠，涌出了她的眼眶，滑过她的面颊，滚落在晓妍的头发上了。这，似乎惊吓了晓妍，她从雨秋怀里仰起脸来，大睁着那对湿润的眸子，她恐慌地说："姨妈，你哭了？"她顿时一把抱住雨秋的头，喊着说，"姨妈！你不要哭！姨妈！你不要哭！姨妈！你不能哭！你那么坚强，你那么好，你那么乐观，你不能哭！姨妈！姨妈！我不要你哭，我不要把你弄哭！"

"晓妍，"雨秋低语，"我在想，我是不是真的骗了你？或者，我们两个都太坏了！或者，我们不适合这个时代。晓妍，连我都动摇了，什么是'是'，什么是'非'，我不知道。晓妍，跟我走吧！我们可以走得远远的，走到一个我们可以立足的地方去！"

"雨秋！"俊之往前跨了一步，他的神情萧索，眼睛却坚定而狂野，"你们什么地方都不许去！所有痛苦的根源只有一个，我们却让那根源发芽生长蔓延，像霉菌般去吞噬掉欣欣向荣的植物，为什么？雨秋，你们不要伤心，这世界并非不能容人的，我要去彻底解决这一切！"他掉头就往外走，"我要去刬除那祸害之根，不管你同意或不同意！"

"俊之！"雨秋喊，"请你三思而后行！"

"我已经五思、六思、七思、八思、九思、十思了！"俊之哑声说，"雨秋，你不要再管我！我是一个大男人，我有权处理我自己的事情，无论我做什么，反正你无权干涉！"

"真的吗？"雨秋静静地问。

俊之站定了，和雨秋相对凝视，然后，俊之毅然地一甩头，向外就走。子健往前跨了一大步，急急地说："爸爸，你要去干什么？"

俊之深沉地看着子健："你最好也有心理准备，"他说，"我回去和你母亲谈判离婚！在她把我们全体毁灭之前，我必须先和她分手！子健，你了解也罢，你不了解也罢，我无法再和你母亲共同生活在一个屋顶底下！"他转身就走。

"爸爸！不要！"子健急促地喊，追到门口。

"子健，"俊之回过头来，"你爱晓妍吗？"

"我当然爱！"子健涨红了脸。

"那么，留在这儿照顾你的女朋友，设法留住她，保有她，"他低语，"幸福是长着翅膀的鸟，你抓不牢它，它就飞了。"转过身子，他走出门去了。

子健失措地看着父亲离去，他折回到客厅来。晓妍已不再哭泣了，她只是静悄悄地靠在雨秋怀里，雨秋也只是静悄悄地搂着她。子健望着她们两个，心慌而意乱。一时间，他不知道自己脑子里在想些什么，父亲和母亲要离婚，雨秋和晓妍，幸福是长着翅膀的鸟……他头昏了，只觉得心头在隐隐地刺痛，说不出缘由的刺痛。"子健，"忽然间，晓妍开了口，"你回去吧！"

他站定在晓妍的面前。

"我不回去！"他说。

"子健，"晓妍的声音好平静，"我想过了，我是配不上你的，我早就说过这话。我以前确实犯过错，人是不能犯错的，一旦犯了，就是终身的污点，我洗不掉这污点，我也不要玷污你，所以，你回去吧！"

"晓妍，"子健的脸色青一阵，白一阵，"你说这话，是要咒我不得好死！""我告诉你事实，何曾咒过你？"晓妍说。

"我早发过誓，"子健说，"如果我心里有一丝一毫地轻视你，我就不得好死！"

雨秋轻轻地推开晓妍，她站起身来。

"晓妍、子健，"她说，"你们最好谈谈清楚，你们要面临的，是你们终身的问题，谁也无法帮你们的忙。晓妍，"她深深地望着外甥女儿，"有句话我要告诉你，最近，我发现你越长越大了，你已经满二十岁，是个成人了，不再是孩子。姨妈不会跟你一辈子，以后，你再受了委屈，不能总是哭着找姨妈，姨妈疼你，却不能代你成熟，代你长大。晓妍，面对属于你的问题吧！你面对你的，我面对我的，我们都有问题，不是吗？解决这些问题的钥匙，应该在我们自己手里，是不是？"说完，她再凝视了那两个孩子一眼，就转身走进卧房，关上了房门。

晓妍目送姨妈的身影消失，她忽然若有所悟，是的，她必须面对自己的问题，再也不能哭着找姨妈，是的，她大了，不是孩子了，再也不是孩子了。她默默地低下头去，默默地深思起来。

"晓妍。"子健喊了一声，坐在她身边，悄悄地握住了她的手。觉得她的表情好怪、好深沉、好落寞，他担忧起来，他不知道她在想些什么。再也没有心思去想父亲和母亲的问题，再也没有心思想别的。这一刻，他只关心晓妍的思想："你在想什么？"

晓妍抬起眼睛来，看着他，深沉地。然后，她说："冰箱里有冰水，给我倒一杯好不好？"

"这么冷天，要喝冰水？"他用手摸摸她的额，没发烧，他松口气。走去倒了杯冰水来，她慢慢地啜着，眼光迷迷糊糊的，他又焦灼起来。"晓妍，"他喊，"你怎么了？你到底在想些什么？"

"我在想，"她静静地说，"我要离开你，子健。"

子健惊跳，他抓住她的手，她刚拿过冰水，手是冰凉的，他用双手紧紧地把她那凉凉的小手阖在自己的手中。

"我做错了什么？"他哑声问。

"你什么都没做错，"晓妍说，"就因为你什么都没做错，所以我要离开你。"她抬起眼睛来，凝视着他："你瞧，子健，每个人的'现在'，都是由'过去'一点一滴堆积起来的，是不是？"

"怎样呢？"子健闷声问。

"你的过去，堆积成一个优秀的你。我的过去，堆积成一个失败的我。不，用'失败'两个字并不妥当，"她瞪起眼睛，深思着，"用'失落'两个字可能更好。自从发生过那件事以后，我就一直在找寻我自己，我是一个不太能面对现实的人，好一阵，我只是嘻嘻哈哈，打打闹闹的，我要忘记那件事，我要把它从我生命里抹掉。认识你以后，我以为，我已经把那件事从我生命里抹掉了。但是，今晚，我知道了，它是永不可能从我生命里抹掉的！"

"晓妍！"他急切地说，"你能的，你已经抹掉了，晓妍！请你不要这样说！晓妍，我告诉你……"

"子健，"她打断了他，"坦白告诉我，难道那件事情在你心里从没有投下一点阴影吗？"

他凝视她。

"我……"

"说真实的!"她立即喊。

"是的,"他垂下头,"有阴影。晓妍,我不想骗你说,我完全不在乎。可是,我对你的爱,和那一点阴影不能成比例,你知道,晓妍,在强烈的阳光的照射下,没有阴影能够存在的。"他抬起头,热烈地望着她:"我知道你的心理,我母亲的几句话使你受不了! 你发现你终身要面对这问题。可是,晓妍,你知道我母亲,她对江苇说过更难听的话,江苇也原谅她了,请你也原谅她吧!"

"我可以原谅她,"晓妍摇头,"但是不能原谅我自己。子健,你走吧! 去找一个比我好的女孩子!"

"世界上没有比你更好的女孩子!"子健大叫,"我不在乎,你为什么一定要在乎?"

"姨妈常说,人类的悲哀,就在于不能离群而独居! 即使你真不在乎,你身边的人会在乎。男女相悦,恋爱的时候比什么都甜,所有的阴影都可以忘掉。一旦有一天吵了架,那阴影就回来了,有一天,你会用你母亲相同的话来骂我……"

"如果有那一天,让我被十辆汽车,从十个方向撞过来,撞得粉粉碎碎!"他赌咒发誓,咬牙切齿地说,他的脸涨得通红。

"何苦发这种毒誓?"晓妍眼里漾起了泪光,"世界上纯洁善良的好女孩那么多,你为什么一定要找上我?"

"你认为你不纯洁不善良吗,只因为那件事?"

"是的，我不纯洁，不善良！"她喊着，"让我告诉你吧，大家都以为十六岁的我，什么都不懂，连姨妈也这样以为！事实上，我懂！我知道我在做什么！那天我和妈妈吵了架，她骂我是坏女孩，我负气出走，我安心想做一点坏事，我是安心的……"她哭了起来，"我从没告诉过别人，我是安心的！安心要做一件最坏最坏的事，只为了和妈妈负气……我是这样一个任性的、坏的、不可救药的女孩子，事后，我一直骗自己，说我不懂，不懂，不懂……"她把头埋进手心里，放声痛哭，"你怎能要一个像我这样的人？你走吧！走吧！走吧！"

他一把抱住了她的头。

"好了，晓妍。"他暗哑地说，"你终于说出来了。你认为你很坏，是不是？"

"是的！"

"你是很坏。"他在她耳边说，"一个为了和妈妈负气，而做出这样的事情来的女孩子，实在很坏。现在，我们先不讨论你的好坏问题，你只告诉我，你爱我吗？"

"我……我……"

"说真话！"这次，轮到他叫。

她抬起泪眼模糊的眼睛来。

"你明知道的。"她凄楚地说。

"我不知道，"他摇头，"你要告诉我！"

"是的，我爱你！是的！是的！是的！"她喊着，泣不成声，"从在云涛第一次看到你的时候起！"

他迅速地吻住了她，把她紧拥在怀里。

"谢谢你！"他说，"晓妍，谢谢你告诉我！不管你有多坏，我可以承认你坏，但是，我爱你这个坏女孩！我爱！"他把她的手压在自己的胸膛上："你已经都告诉了我，现在你不该有任何负担了。"

"可是，"她摇头，"我还是要离开你！我不能让别人说，你在和一个坏女孩交往，子健，我已经决定离开！你懂吗？"

他推开她，看到她遍布泪痕的小脸上，是一片坚决而果断的神情，他忽然知道，她是认真的！他的心狂跳，脸色变得比纸还白了。

"你决定了？"他问。

"决定了！"

"没有转圜的余地？"他瞪着她。

"没有。"她的脸色和他一样苍白。

"为什么？你最好说说清楚！"

"我已经说了那么多，因为我是个坏女孩。从小，我背叛我父母，他们不了解我，我就恨他们，姨妈成了我的挡箭牌，我现在想清楚了。我要——回家去！"

"回到什么地方去？"

"回我父母身边去，"她望着窗子，眼光迷漫如梦，"我要去对他们说一句——我错了。一句——"她的声音低得像耳语，"我早就该说，该承认的话！奇怪。"

她侧着头："我现在才承认，我错了。父母管我严厉，是因为他们爱我，姨妈放任我，也是爱我！父母不了解我，不完全是他们的错，我从没有为他们打开我的门，而我为姨妈打开了我的门。他们走不进我的世界，然后，我说，我们之间有代沟！"她望着子健，"我要去跳那条代沟，你，该去跳你的代沟！"

"我的代沟？"

"当你母亲指着我骂的时候，她唯一想到的事：只是该保护她纯洁善良的儿子，不是吗？"

子健深深地望着晓妍，深深深深地。

"晓妍，"他说，眼睛里闪着奇异的光，"你变了，你长大了。"

"人，都会从孩子变成大人的，是不是？"

"你有把握跳得过那条沟？"他问。

"没有。你呢？"

"更没有。"

"那么，或者，我们可以想办法搭搭桥。姨妈常说，事在人为，只怕不做！""晓妍，"他握紧她的手，"听你这番话，我更加更加更加爱你，我不会放过你！不管你到哪里去，我会追踪你到天涯海角！你跳沟，我陪你跳沟！你跳海，我也陪你跳海！今生今世，你休想抛掉我！你休想！"

她瞅着他。

"到底我有什么地方，值得你这样爱我？"她问。

"你吗？"他也瞅着她，"我以前，只是爱你的活泼、率直、调皮、任性，和你的美丽。今晚，我却更增加了些东西，我爱你的思想、你的坦白、你的——坏。"

"坏？"

"是的，我既然爱了你，必须包括你的坏在内。你坚持你是坏女孩，我就爱你这个坏女孩！我要定了你！"

她摇头。

"我并没有答应跟你，我还是要离开你。"

"还是吗？"他吻她。

"还是。"她低叹了一声。

他凝视她。

"晓妍，"他沉下脸来，"你逼得我只能向你招供一件事，一件没有人知道的秘密。"

"什么事？"

"我——并不像你想象的那样纯洁，十八岁那年，我太好奇，于是，我跟同学去了一个地方。"他盯着她，低声地。

"你知道那种地方，是吗？"他顿了顿，又说，"现在，我们是不是扯平了？"

她瞪大眼睛，望了他好久好久。然后，她忽然大笑了起来，一面笑，一面把他揽进了怀里，她吻他，又吻他，笑了又笑，说："哦！子健！我真的无法不爱你！我投降了。子健，你这样爱我这个坏女孩，你就爱吧！从此，你上天，我也上天，你下地，我也下地。跳沟也罢，跳海也罢，跳河也罢，一起跳！我再也不挣扎了！我再也不逃避了！就是你母亲指着我鼻子骂我是妓女，我也不介意了，我爱你爱你爱你爱你，子健，我跟定了你了。"

"哦！"子健吐出一口长气来，他发疯般地吻她，吻她的唇、她翘翘的小鼻子、她的面颊、她的额、她的眼睛，然后他发现她满脸的泪。"别哭，晓妍，"他说，"以后你要笑，不要再流泪。晓妍！晓妍？"她哭得更厉害："你又怎么了？"他问。

"我爱你！"她喊，"我哭，因为我现在才知道你有多爱我！哦，子健，"她抱着他的头，又笑了起来，她就这样又哭又笑地说，"你实在并不擅长于撒谎，你知道吗？"

他瞪着她。

"你撒了一个很荒谬的谎，你以为我会相信？"她带泪又带笑地凝视着他，"你是那种男孩，你一辈子也不会去什么坏地方。但是，子健，你撒了一个好可爱的谎！"她深深地注视他，不再哭了。她的脸逐渐变得好严肃好郑重好深沉，她的眼睛里闪烁着热烈的、梦似的光彩。她的声音轻柔而优美。

"我们要共同度过一段很长很长的人生，不是吗？"

他不语，只是紧紧地揽住了她。

俊之回到了家里。

客厅里静悄悄的，俊之以为客厅里没有人，再一看，才发现婉琳缩在长沙发的角落里，正在不停地抹眼泪。雨柔呆呆地坐在婉琳身边，只是瞪着眼睛发愣。客厅里有种特殊的气氛，是暴风雨之后的宁静，俊之几乎还可以嗅出暴风的气息。他进门的声音惊动了母女两个，雨柔跳起身来，有了份紧张后的松弛。

"好了，爸，"她舒出一口长气，"你总算回来了！妈妈心情不好，爸，"她对父亲暗中眨了一下眼，"你最好安慰安慰妈妈。"

安慰？俊之心中涌上一阵苦涩而嘲弄的情绪，真正需要安慰的是谁？婉琳？雨秋？晓妍？子健？还是他自己？他在婉琳对面的沙发上坐下来，掏出香烟，找不着火柴，雨柔拿起桌上客人用的打火机，打着了火，她递到父亲面前，低声地说："爸爸，你别染上烟瘾吧，你最近抽烟很凶呵！以前，你一向不抽烟的。"

"以前一向不做的事，现在做得可多了，何止抽烟一件？"俊之冷冷地说，望着婉琳，"婉琳，你有什么话想说吗？"

婉琳抬起眼睛来，很快地望望俊之。俊之的眼光深邃而凌厉，她忽然害怕起来、惊悸起来、畏缩起来。这眼光如此陌生，这男人也如此陌生，她把身子往沙发后面蜷了蜷，像个被碰触了的蜗牛，急于想躲进自己那脆弱的壳里去。张开嘴，她嗫嗫嚅嚅地说："没……没……没什么，是……是……是子健……"

"子健！"俊之喷出一口浓浓的烟雾，"很好，我们就从子健谈起！"

他的声音里有种无形的力量，有种让人紧张的东西，有种足以令人惊吓、恐惧的味道。那正准备悄然退开的雨柔站住了，然后，她在屋角一个矮凳上静静地坐了下来。

"很好，"俊之再喷出一口烟雾，"子健交了一个女朋友，不是，是热爱上了一个女孩子——戴晓妍。听说，今晚你对晓妍有很精彩的一幕演出……"

"俊之，"婉琳惊愕地喊，"那女孩……"

"我知道，"俊之打断她，"晓妍的过去，不无瑕疵，她曾经有过一段相当惊人的历史。但是，那已经过去了，她犯过错，她用了四年的时间来挣扎向上，来改过向善。你在几分钟之内，就把她努力了四年的成绩，完全砸成粉碎。婉琳，我佩服你！"

婉琳张大眼睛，她更瑟缩了，俊之的声音，那样冷冰冰，却那样咄咄逼人。她瞪着俊之，心里迷迷糊糊的，只隐隐约约地感到，自己那场小风暴，可能要引起一场大风暴！她咬住牙，本来嘛，她早就告诉自己，儿女的事情她根本没权利管，她却要管！现在，会管出什么结果来呢？

"你曾经干涉雨柔的恋爱，因为江苇出身贫贱，现在，你干涉子健的恋爱，因为晓妍曾经堕落过。你甚至不去深入地研究研究江苇和晓妍两个人，在基本上、在做人上、在思想上、在心灵上、在各方面的情形，你立刻先天性地就反对，而且采取最激烈的方式。似乎全世界都是坏人，只有你和你的儿女是好人！全世界的人都来欺侮你，来占你的便宜，你有没有想过别人是有感情有自尊的人，包括你的儿女在内！婉琳！我和你结婚这么多年，我现在才知道，你多虚荣、你多无知、你多幼稚、你多自私！"

婉琳跳了起来，她被触怒了，她被伤害了，瑟缩和恐惧远远地离开了她，她瞪大眼睛，大声地吼叫了起来："你不要这样给我乱加罪名，你看我不顺眼，你就实说吧！自己做了亏心事，你回来先下手为强！我没说话，你倒先来了一大串，你以为我不知道，你现在妍上了一个年轻的野女人，你看我这个老太婆……"

"住口！"俊之大声叫，脸色铁青，"你对每个人的侮辱都已经太多太多，别再伤害雨秋！你如果再说'野女人'三个字，我会对你忍无可忍。无论如何，我们今天还都是文明人，我们最好用最文明的方法，来解决我们之间的问题。"他深抽了一口烟，压低了声音，"婉琳，二十几年的夫妻，我不预备亏待你，我会给你一笔钱，你一辈子都用不完的钱，这房子，你要，也可以拿去，我只要云涛就够了。好在，我们的孩子都大了，都有他们自己的世界，早晚都要各奔前程……"

婉琳的眼睛张得好大好大，里面逐渐涌起一阵恐惧及惊慌的神色，她愕然地、喃喃地说："你……你要干吗？好好的，我……我……我又不要和你分家。"

"不是分家，"俊之清清楚楚地说，"是离婚！"

这像一个炸弹，突然从天而降，掉在婉琳的面前，把她的世界、宇宙、天地，一下子都炸得粉碎。她呆了，昏了，脑子麻木了，张大眼睛和嘴，她像个石塑的雕像，既木讷，又呆板。

"爸爸！"雨柔从她的角落里跳了起来，旋风般卷到父亲的面前，"爸爸，你不能……"

"雨柔，"俊之望着女儿，"你能不能不管父母的事，只做一个安静的旁观者？"

"我不能。"雨柔的眼里涌满了泪水，"因为我不是一个安静的旁观者，我是你和妈妈的女儿，我是这个家庭里的一分子。"

"那么，"俊之逼视着她，"你为什么曾经从这个家庭里出走？是谁把你找回来的？又是谁逼你出走的？雨柔，你能从这个家庭里出走，我也可以从这家庭里出走！你是个懂事、明理、懂感情的孩子，用用你的思想！雨柔，感情生活并不是只有你们年轻人才有！你懂吗？你想想看吧！现在，雨柔，不要多嘴，如果你不能做一个安静的旁观者，你就退出这房间，让我和你母亲单独谈谈！"

雨柔被击倒了，俊之的言论，带着那么一股强烈的、压迫的力量，对她辗过来，她无力承担。退了开去，她缩回到自己的小角落里，坐下来，她开始无意识地咬着自己的手指甲。心里像翻江倒海般转着许多念头，父母的离婚，代表的是家庭的破碎。是的，她和子健都大了，有一天，她会嫁为江家妇，再也管不了父母的事。子健会娶晓妍，独立去闯他们的天下。父亲呢？当然和雨秋在一起，结婚也好，同居也好，他们会过得很甜蜜。剩下的是什么？母亲！只有母亲，一个年华已去，青春早逝，懵懂、糊涂而孤独的女人！她，将靠什么活下去？雨柔咬紧指甲，指甲裂开了，好痛。她甩甩手，注视着母亲。

婉琳的神志已经回来了，她终于弄清楚了俊之的企图。离婚！她并没有听错那两个字。结婚二十几年，她跟他苦过，奋斗过，生儿育女，努力持家。然后，他成功了，有钱了，有地位了。包围在他身边的，是一群知名之士，画家，作家，音乐家。他们谈她听不懂的话，研究她无法了解的问题，艺术，文学！她早就被他排挤在他的生活之外。现在，有个年轻的、漂亮的、会打扮的、风流的"女画家"出现了。他就再也不要她了！抹杀掉二十几年的恩情，抹杀掉无数同甘共苦的日子。她就成了虚荣、无知、幼稚、自私的女人！她一仰头，瞪起眼睛，她开始尖叫："贺俊之！你这个卑鄙下流的无赖汉！记得你追求我的时候吗？记得你对我发誓，说没有我你就活不下去的时候吗？现在，你成功了，有钱了！有人巴结你了，有女画家对你投怀送抱了！离婚！你就要和我离婚了！你的良心被狗吃掉了！你卑鄙！你下流！你混蛋！"她提高嗓音，尖声怪叫，"离婚！你休想！你做梦！秦雨秋那个淫妇、荡妇、婊子、娼妓……"

哦，不不！雨柔在心里狂叫着：妈妈，你要闯祸，你要闯大祸！你真笨，你真糊涂！攻击秦雨秋，只是给你自己自掘坟墓！果然，啪的一声，她看到父亲在狂怒中给了母亲一耳光。他的声音沙哑而苍凉："婉琳，你比我想象中更加低级、更加无知、更加没教养！我真不知道我当初怎会娶了你！"

"你打我？你打我？"婉琳用手抚着脸，不信任地问，"你居然打我？为了那个臭女人，你居然打我？"

"你再敢讲一个下流字！"俊之警告地扬起了声音，眼睛发红，"我会把你撕成粉碎！"

"哎哟！"婉琳尖叫了一声，"天哪！上帝！耶稣基督！观世音菩萨！我不要活了！不要活了！"她开始放声大哭："你这个混蛋！你这个瘟三！你这个王八蛋！你要打，你就打，打死好了！"她一头冲向他，"打不死算你没种！贺俊之！我就要讲，我偏要讲，那个野女人，贱货！婊子！妓女……"她喊个没停了。

俊之气得发抖，脸色黄了，眉毛也直了，他瞪着她，喘着气说："我不打你！我打你都怕打脏了手！很好，你再说吧！多说几句，可以让我多认识你一点！现在，我和你离婚，不再会有丝毫心理负担！因为你只是一个地地道道的泼妇，你根本不配做我的妻子！"

说完，他转身就往楼上走，婉琳扑过去，依然不停口地尖叫着："你不是要打我吗？你就打呀！打呀！撕我呀！撕不碎我你就不姓贺！"

"我不和你谈！"俊之恼怒地吼叫，"明天，我会叫律师来跟你谈离婚，我告诉你！"他斩钉截铁地说："愿意离，我们要离，不愿意离，我们也要离！"甩开她，他径自地走了！

"你别走！姓贺的，我们谈个清楚……"婉琳抓着楼梯栏杆，直着脖子尖声大叫，"你别走！你有种就不要走……"

雨柔再也忍不住了，她跑过去，扶住母亲，眼泪流了一脸。她哀求地、婉转地、温柔地叫："妈妈！你不要吼了，坐下来，你冷静一点，求求你，妈妈！你这样乱吼乱叫，只会把事情越弄越糟，妈妈，我求求你！"

婉琳被雨柔这样一喊，心里有点明白了，她停止了吼叫，怔怔地站着，怔怔地看着雨柔，然后，一股彻心彻骨的心酸就涌了上来，她一把抱着雨柔，哭泣着说："天哪，雨柔，我做错了些什么？为什么这种事偏偏要到我头上来呢！我又没有不管家、我又没有红杏出墙、我又没有天天打麻将，我也帮他生儿育女了！为什么要离婚？为什么？我还要怎样才对得起他？二十几年，我老了，他就不要我了！天哪！男人的心多狠哪！早知如此，我当初还不如嫁给杜峰！他虽然寻花问柳，总没有要和太太离婚呀！天哪！我怎么这么倒霉？我怎么这么倒霉？"

"妈妈！"雨柔含着泪喊，把母亲扶到沙发上去坐着，"妈妈，你如果肯冷静下来，我有几句话一定要跟你讲！妈妈，事情或许还可以挽救，如果你安心要挽救的话！你能不能静下来听我讲几句？"

"我老了！"婉琳仍然在那儿哭泣着自言自语，"我老了！没人要了！雨柔，你不要以为我不知道，你也嫌我，子健也嫌我，我是每一个人的眼中钉！如果我现在死掉，你们大家都皆大欢喜！天哪！为什么我不死掉！你们都巴不得我死掉！你们每一个都恨我！天哪，我为什么不死掉？为什么不死掉？"

"妈妈呀！"雨柔哀声地大叫了一句，"你的悲剧是你自己造成的！难道你还不了解吗？"

婉琳愕然地安静了下来，她瞪视着雨柔。

"你……你说……什么？"她口齿不清地问。

"妈妈，请听我说！"雨柔含着满眶的眼泪，抓着母亲的手，诚恳地、恳切地说，"我们没有任何人恨你，我们都爱你，可是，妈妈呀，这些年来，你距离我们好远好远，你知道吗？你从不了解我们想些什么，从不关心我们的感情、思想和自尊！你只是唠叨，只是自说自话，虽然你那么好心，那么善良，但是，人与人之间的距离，会从一条小沟变成汪洋大海。我、哥哥、爸爸，都不是游泳的好手，即使我们能游，我们也游不过大海……"

"雨柔，"婉琳瞪着眼睛喊，"你在说些什么鬼话？我没发昏，你倒先发起昏来了！我什么时候要你们学游泳过？我什么时候怪你们不会游泳了？"

雨柔住了口，她凝视着母亲，简直不相信自己的耳朵。接着，她废然地长叹了一声，低下头去，她自言自语地说了句："什么汪洋大海，我看，这是太平洋加上大西洋，再加上北极海、黑海、死海，还得加上美国的五大湖！"

婉琳怔怔地看着雨柔，她忘了哭泣，也忘了自己面临的大问题，她奇怪地说："雨柔，你怎么了？你在背地理吗？"

"不，妈妈，我不在背地理。"雨柔抬起眼睛来，紧紧地盯着母亲，她深吸了口气，"我们换一种方式来谈吧，妈妈。"

她再吸了口气："我的意思是说，我们虽然生活在一个屋顶底下，却有完全不同的世界。妈妈，你不了解我们，也不愿意费力来了解。举例说，你骂过江苇，你又骂晓妍，你忽略了我爱江苇、哥哥爱晓妍，你这样一骂，就比直接骂我们更让我们伤心……"

"我懂了。"婉琳悲哀地说，"凡是你们爱的，我就都得说好，这样你们才开心，这样就叫作了解。如果有一天，你们都爱上了臭狗屎，我就应该说那臭狗屎好香好香，你们爱得好，爱得高明……"

"妈妈！"雨柔皱紧眉头，打断了她，"妈妈！"她啼笑皆非，只能一个劲儿地摇头："我看，我要投降了，我居然无法讲得通！怎么人与人的思想，像我们，亲如母女，要沟通都如此之难！"她注视了母亲好长一段时间："好了，妈，我们把话题扯得太远，别管我和哥哥怎么样，爸爸说得对，有一天，我和哥哥都会离开这个家庭，去另闯天下。儿女大了，都会独立，那时候，你怎么办？妈妈，爸爸要和你离婚，你不要以为他是一时负气，嘴上叫叫，明天就没事了，爸爸不是那样的人，他是认真的！"

婉琳又开始手足无措起来，拼命地摇着头，她叫："不离婚！不离婚！反正我不离婚！看他一个人怎么离！我又没做错事，为什么要离婚？"

"你不离婚，爸爸可以走的！"雨柔冷静地说，"他可以离开这个家，再也不回来！那时候，你离与不离，都是一样，你只保留了一个'贺太太'的空衔而已。"

"那……那……那……"婉琳又哭泣起来，"我……我怎么办？都是那个贱女人，那个婊子！天下男人那么多，她不会去找，偏偏要勾引人家的丈夫……"

"妈妈！"雨柔一个字一个字地说，"秦雨秋不是贱女人，不是婊子，她是个充满了智慧和灵性的女人，她满身的诗情画意，满心的热情和温暖。她不见得漂亮，却潇洒脱俗，飘逸清新。她有思想、有深度、有见解，她是那种任何有思想的男人都会为她动心的女人！"

"哦！"婉琳勃然变色，"你居然帮那个坏女人说话！你居然把她讲成了神，讲成了仙，你到底是站在我一边，还是站在她一边？”

"妈妈，如果我不是你的女儿，我会站到她一边的！"雨
柔大声喊，眼眶红了，"我同情爸爸！我同情秦雨秋！你不知
道我有多同情他们！但是，我是你的女儿，我只能站在你一
边，我爱你！妈妈！我不要你受伤害，我不要这个家庭破碎，
我想帮助你！你却拒人于千里之外，你不肯听我说，你不肯
让我帮助你！"

婉琳愣在那儿，她看来又孤独、又无奈、又悲哀、又木
讷。好半天，她才结舌地说："如……如果，她……她那么
好，我怎么能和她比呢？怎么能……保住你爸爸呢？"

"你能的，妈妈，你能。"雨柔热烈地喊，抓紧母亲的手。

"妈，所有的女人都有一个通病，当丈夫有外遇的时候，
就拼命骂那个女人是狐狸精，是臭婊子，是坏女人，勾引别
人的丈夫，破坏别人的家庭等。但是，几个妻子肯反躬自问
一下，为什么自己没有力量，把丈夫留在身边？你想想，妈
妈，这些年来，你给了爸爸些什么？你们像两个爬山的伴侣，
刚结婚的时候，你们都在山底下，然后，爸爸开始爬山，他
一直往前走往前走，你却停在山底下不动，现在，爸爸已经
快到山顶了，你还在山底下，你们的距离已经远得不能以道
里计。这时候，爸爸碰到了秦雨秋，他们在同一的高度上，
他们可以看到同样的视野，于是，两个孤独的爬山者，自然
而然会携手前进，并肩往山上爬。你呢？妈妈，你停在山下，
不怪自己不爬山，却怪秦雨秋为什么要爬得那么高！你想想，
问题是出在秦雨秋身上呢？还是出在你身上？还是出在爸爸

身上？"

婉琳很费力地，也很仔细地听完了雨柔这篇长篇大论。然后，她怯怯地："雨柔，说实话，你刚刚讲了半天的海，现在又讲了半天的山，到底海和山与我们的事情有什么关系？你爸爸是另外有了女朋友，并不是真的和秦雨秋去爬山了，是不是？"

雨柔跌坐在沙发里，用手揉着额角，她暗暗摇头，只觉得自己头昏脑涨。闭了一下眼睛，她试着整理自己的思绪，然后，她忽然想：自己是不是太多事了？那秦雨秋，和爸爸才是真正的一对，愿天下有情人皆成眷属！她为什么要这样费力地去撮合爸爸和妈妈呢？两个世界的人为什么一定要拉在一起呢？算了，她投降了，她无法再管了，因为母亲永不可能脱胎换骨，变成另一个人，自己只是在做徒劳的努力而已。

睁开眼睛，她想上楼了，但是，她立即接触到母亲的眼光：那样孤苦无助地看着自己，好像这女儿成为她绝望中唯一的生路。雨柔心中一紧，那种母女间本能的血缘关系，本能的爱，就牢牢地抓紧了她！不不！她得想办法帮助母亲！

"雨柔！"婉琳又茫然地说，"你不要讲山啦，水啦，我弄不清楚，你说秦雨秋很可爱，我斗不过她，是不是？可是，我和你爸爸结婚二十几年了，她和你爸爸认识才一年，难道二十几年抵不过一年吗？"

"二十几年的陌生，甚至于抵不过一刹那的相知呢！"雨柔喃喃地说。悲哀地望着母亲，然后，她振作了一下，说，

"这样吧！妈妈，我们抛开一切道理不谈，只谈我们现在该怎么办好不好？"

"你说，我听着。"婉琳可怜兮兮地说，不凶了，不神气了，倒好像比女儿还矮了一截。

"妈，你答应我，从明天起，用最温柔的态度对爸爸，不要唠叨，不要多说话，尤其，绝口不能攻击秦雨秋！你照顾他，尽你的能力照顾他，像你们刚结婚的时候一样。你不可以发脾气，不冒火，不生气，不大声说话，不吵他，不闹他……""那……我还是死了好！"婉琳说，"我为什么要对他低声下气？是他做错了事，又不是我做错了事！依我，我就去把秦雨秋家里打她个落花流水……"

"很好，"雨柔忍着气说，"那一定可以圆满地达成和爸爸离婚的目的！我不知道，原来你也想离婚！"

"谁说我想离婚来着？"婉琳又哭了起来，"我现在和他离了婚，我到哪里去？"

"妈妈呀！"雨柔喊着，"你不想离婚，你就要听我的！你就要低声下气，你就要对爸爸好，许多张妈做的工作，你来做！爸爸没起床前，你把早餐捧到他床前去，他一回家，你给他拿拖鞋，放洗澡水……"

"我又不是他的奴隶！"婉琳嚷着，"也不是日本女人！再下去，你要叫我对他三跪九叩了！"

"我原希望你能和爸爸有思想上的共鸣！如果你是秦雨秋，爸爸会对你三跪九叩，可惜，你不是秦雨秋，你就只好对爸爸三跪九叩，人生，就这么残忍，今天，是你要爸爸，不是爸爸要你。妈，你不是当初被追求的时代了！你认命吧！在思想上、心灵上、气质上、风度上、年龄上，各方面，我很诚实地说，妈妈，你斗不过秦雨秋，你唯一的办法，只有一条路——苦肉计。我说的各项措施，都是苦肉计，妈妈，如果你想爸爸回头，你就用用苦肉计吧！爸爸唯一可攻的弱点，是心软，你做不到别的，你就去攻这一个弱点吧！你毕竟是跟他生活了二十几年的妻子！"

"苦肉计？"婉琳这一下子才算是明白过来了，她恍然大悟地念着这三个字，"苦肉计？"她看看雨柔，"会有用吗？"

"妈，"雨柔深思着，"你只管用你的苦肉计，剩下来的事，让我和哥哥来处理。今晚，我会在这儿等哥哥，我们会商量出一个办法来。无论如何，我和哥哥，都不会愿意一个家庭面临破碎。"

"子健？"婉琳怯怯地说，"他不会帮我，他一定帮晓妍的姨妈，何况，我今晚又骂了晓妍。"

"妈妈！"雨柔忽然温柔地搂住了母亲的脖子，"你真不了解人性，我恨过你，哥哥也恨过，但是，"她满眶泪水，"你仍然是我们的妈妈！当外界有力量会伤害你的时候，我们都会挺身而出，来保护你的！妈妈，如果我们之间，没有那些汪洋大海，会有多好！"

汪洋大海？婉琳又糊涂了。但，雨柔那对含泪的眼睛，却使她若有所悟，她忽然觉得，雨柔不再是个小女孩，不再是她的小女儿，而是个奇异的人物，她可能真有神奇的力量，来挽救自己婚姻的危机了。

第九章

　　子健用钥匙开了大门，穿过院子，走进客厅，已经是深夜两点钟了。但是，雨柔仍然大睁着眼睛，坐在客厅里等着他。

　　"怎么？雨柔？"子健诧异地说，"你还没有睡？"

　　"我在等你。"雨柔说，"晓妍怎样了？"

　　子健在沙发里坐了下来。他看来很疲倦，像是经过了一场剧烈的战争，但是，他的眼睛仍然明亮而有神，那种撼人心魄的爱情，是明显地写在他脸上的。他低叹了一声，用一种深沉的、怜惜的、心痛的声音说："她现在好了，我差一点失去了她！我真没料到，妈妈会忽然卷起这样的一个大台风，几乎把我整个的世界都吹垮了。"

　　"你知道，妈妈是制造台风的能手，"雨柔说，"只是，风吹得快，消失得也快，留下的摊子却很难收拾。如果台风本身要负责吹过之后的后果，我想，台风一定不会愿意吹的。"

她注视着子健："哥哥，妈妈事实上是一个典型的悲剧人物，她根本不知道自己在做什么，也不知道做过的后果，更不会收拾残局。但是，她是我们的妈妈，是吗？"

子健凝视着雨柔。

"你想说什么？雨柔，别兜圈子。家里发生事情了，是不是？爸爸和妈妈吵架了？"

"岂止是吵架！爸爸要和妈妈离婚。我想，这是那阵台风引起来的。你去秦阿姨家的时候，爸爸一定在秦阿姨家，对不对？爸爸表示过要和妈妈离婚吗？"

"是的。"子健说，蹙起眉头。"唉！"他叹了口气，"人生的事，怎么这么复杂呢？"

"哥哥！"雨柔叫，"你对这事的看法怎么样？"

"我？"子健的眉头锁得更紧，"老实告诉你，我现在已经昏了头了，我觉得，父母的事，我们很难过问，也很难提出意见。说真的，爸爸移情别恋，爱上秦阿姨，在我看来，是很自然的事！如果我是爸爸，我也会！"

"哥哥！"雨柔点点头，紧盯着他，"妈妈骂了晓妍，你就记恨了，是不是？你宁愿爸爸和妈妈离婚，去娶秦阿姨，对吗？这样就合了你的意了。秦阿姨成为我们的后母，晓妍成为你的妻子。这样，就一家和气了，是不？你甚至可以不管妈妈的死活！"

子健跳了起来。

"你怎么这样说话呢？雨柔？我爱晓妍是一回事，我欣赏秦阿姨是另外一回事，我同情爸爸和秦阿姨的恋爱又是一回事。不管怎样，我总不会赞成爸爸妈妈离婚的！妈妈总之是妈妈，即使和她记恨，也记不了几分钟！父母子女之间的感情是血亲，如果能置血亲于不顾的人，还能叫人吗？"

"哥哥！"雨柔热烈地喊，"我就要你这几句话！我知道你一定会和我站在一条阵线上的！"

"一条阵线？"子健诧异地问，"战争已经发生了？是吗？你的阵线是什么阵线呢？"

"哥哥，让我告诉你。"雨柔移近身子，坐在子健的身边，她开始低声地、喃喃地、不停地说了许多许多。子健只是静静地听，听完了，他抬起眼睛来，深深地看着雨柔。

"雨柔，我们这样做，是对还是错呢？"

"挽救父母的婚姻，是错吗？"雨柔问，"撮合父母的感情，是错吗？孝顺母亲，不让她悲哀痛苦，是错吗？维持家庭的完整，是错吗？拉回父亲转变的心，是错吗？"她一连串地问。

子健瞪着她。

"破坏一段美丽的感情，是对吗？勉强让一对不相爱的人在一起，是对吗？打击父亲，使他永堕痛苦的深渊，是对吗？维持一个家庭完整的外壳，而不管内部的腐烂，是对吗？拆散一对爱人，让双方痛苦，是对吗？……"

"哥哥！"雨柔打断了他，"你安心和我唱反调！"

"不是的，雨柔。"子健深沉地说，"我只要告诉你，对与错，是很难衡量的，看你从哪一个角度去判断。但是，我同意你的做法，因为我是妈妈的儿子，我不能不同意你！我站在一个儿子的立场，维护母亲的地位，并不是站在客观的立场，去透视一幕家庭的悲剧。雨柔，你放心，我会去做，只是我很悲哀，我并没有把握，能扮演好我的角色。你孝心可嘉，但是，爱情的力量排山倒海，谁都无法控制，我们很可能全军覆没！"

"我知道。"雨柔点点头，"可是，我们尝试过，努力过，总比根本不尝试、不努力好，是不是？"

"当然，"子健说，深思着，"但是，妈妈是不是能和我们合作呢？她的那个台风只要再刮一次，我们所有的努力都是白费！妈妈，你知道，我同情她，甚至可怜她，却无法赞成她！"

"我知道。"雨柔低叹，"我又何尝不是如此！只要妈妈有秦阿姨的十分之一，她也不会失去爸爸！可是，妈妈是无法了解这一点的，她甚至不懂什么叫爱情。她认为结婚，生儿育女，和一个男人共同生活就叫恋爱，殊不知爱情是人生最动人心弦的东西。是吗？哥哥？"

"我们却要去斩断一份动人心弦的东西！"子健低低地说。

"我甚至希望我们失败。"

"哥哥！"雨柔叫。

"我说了，我和你一条阵线！"子健站起身来，"不管我的想法如何，我会努力去做！你，负责妈妈不刮台风，我，负责爸爸，怎样？"

"一言为定？"

"一言为定！"

"哥哥，像小时候一样，我们要钩钩小指头，这是我们兄妹间的秘密，是不是？你不可以中途反悔，倒戈相向，你不可以让晓妍左右你的意志，你要为我们可怜的母亲多想一想，你能吗？"

"雨柔，"他注视她，毅然地点了点头，"我能！"

雨柔伸出手来，兄妹二人郑重地钩钩小指头。相对注视，两人的心情都相当复杂，相当沉重。然后，他们上了楼，各回各的房间了。

俊之彻夜难眠，辗转到天亮，才蒙蒙眬眬地睡着了，一觉醒来，红日当窗，天色已近中午。他从床上坐起来，心里只是记挂着雨秋。翻身下床，他却一眼看到婉琳坐在他对面的椅子里，穿戴整齐，还搽了胭脂抹了粉，戴上了她出客才用的翡翠耳环。她看到他醒来，立即从椅子里跳起身，赔笑着说："你的早餐早就弄好了，豆浆冷了，我才去热过，你就在卧室里吃吧，大冷天，吃点热的暖暖身子。"

俊之愕然地看着婉琳。这是什么花招？破天荒来的第一次，别是自己还在什么噩梦里没醒吧！他揉揉眼睛，甩甩头，婉琳已拎着他的睡袍过来了，"披上睡袍吧！"婉琳的声音温柔而怯弱，"当心受凉了。"

他一把抓过睡袍，自己穿上，婉琳已双手捧上了一杯冒着热气的、滚烫的豆浆。俊之啼笑皆非，心里在不耐烦地冒着火。这是见了鬼的什么花样呢？他已正式提出离婚，她却扮演起古代的、被虐待的小媳妇了！他瞪了她一眼，没好气地说："我没漱口之前，从来不吃东西，你难道连这一点都不知道吗？"

"哦，哦，是的，是的。"婉琳慌忙说，有点失措地把杯子放了下来，显然那杯子烫了她的手，她把手指送到嘴边去嘘着气，发现俊之在瞪她，她就又立即把手放下去，垂下眼睑，她像个不知所措的、卑躬屈膝的小妇人。

"婉琳！"俊之冷冷地说，"谁叫你来这一套的？"

婉琳吃了一惊，抬起眼睛来，她慌慌张张地看着俊之，嗫嗫嚅嚅地说："我……我……我……"

"没有用的，婉琳。"俊之深深地望着她，默默地摇着头。

"没有用的。我们之间的问题，不是你帮我端豆浆拿衣服就可以解决了，我并没有要你做这些，我要一个心灵的伴侣，不是要一个服侍我的女奴隶！你也没有必要贬低你自己，来做这种工作。你这样做，只是让我觉得可笑而已。"

婉琳低下了头，她自言自语地说："我……早……早知道没有用的。"她坐回椅子上，一语不发。俊之也不理她，他径自去浴室梳洗，换了衣服。然后，他发现婉琳依然坐在椅子里，头垂得低低的，肩膀轻轻耸动着，他仔细一看，原来她在那儿忍着声音啜泣，那件特意换上的丝绵旗袍上，已湿了好大的一片。他忽然心中恻然，这女人，她再无知、她再愚昧，却跟了他二十几年啊！走过去，他把手放在她的肩上："别哭了！"他粗声说，却不自已地带着抹歉意，"哭也不能解决问题的！我们的事，好歹都要解决，反正不急，你可以冷静地思考几天！或者你会想清楚！我……"他顿了顿，终于说，"很抱歉，也很遗憾。"

她仍然低垂着头，泪珠一滴滴落在旗袍上。

"当……当初，"她抽噎着说，"你不娶我就好了！"

他一愣，是的，早知今日，何必当初！他低叹了一声，人生，谁能预卜未来呢？假若每个人都能预卜未来，还会有错误发生吗？他转过身子，要走出房去，婉琳又怯怯地叫住了他："俊——俊之，你……你的早餐！"

"我不想吃了，你叫张妈收掉吧！"

"俊之，"婉琳再说，"子健在你书房里，他说有很重要的事要和你商量。"俊之回过头来，狐疑地望着婉琳："你对孩子们说了些什么？"他问。

"我？"婉琳睁大眼睛，一副莫名其妙的样子，那脸上的表情倒是诚实的，"我能对他们说什么？现在，只有他们对我说话的份儿，哪有我对他们说话的份儿？"

这倒是真的，那么，子健找他，准是为了晓妍。晓妍，他叹口气，那孩子也够可怜了。这个社会，能够纵容男人嫖妓宿娼，却不能原谅一个女孩一次失足！他下了楼，走进书房里，关上了房门。

子健正靠在书桌上，呆呆地站着，他的眼光，直直地望着墙上那幅《浪花》。听到父亲进来，他转头看了父亲一眼，然后，他愣愣地说："我在想，秦阿姨这幅《浪花》，主要是想表现些什么？"

"对我而言，"俊之坦率地说，"它代表爱情。"

"爱情？"子健不解地凝视着那幅画。

"在没有遇到雨秋以前，"俊之说，"我就像海滩上那段朽木，已经枯了，腐烂了，再也没有生机了。然后，她来了，她像那朵玫瑰，以她的青春、生命和夺人的艳丽，来点缀这枯木，于是，枯木沾了玫瑰的光彩，重新显出它朴拙自然的美丽。"

子健惊愕地望着父亲，他从没有听过俊之这样讲话，如此坦率、如此真诚。尤其，他把他当成了平辈、当成了知音。

子健忽然觉得汗颜起来，他想逃开，他想躲掉。雨柔给他的任务是一件残忍的事情。但是，他来不及躲开了，俊之在桌前坐了下来，问："你有事找我？"

他站在父亲对面，中间隔着一张书桌，他咬紧牙关，脸涨红了。

"为了晓妍？"俊之温和地问。

子健摇摇头，终于说了出来："为了你，爸爸。为了你和妈妈。"

俊之脸色立刻萧索了下来，他眼睛里充满了戒备与怀疑，靠进椅子里，他燃上了一支烟。喷出烟雾，他深深地望着儿子。

"原来，你是妈妈的说客！"他说，声音僵硬了。

子健在他对面的椅子里坐了下来，拿起桌上的一把裁纸刀，他无意识地玩弄着那把刀子，透过了烟雾，他注视着父亲那张隐藏在烟雾后的脸庞。

"爸爸，我不是妈妈的说客！"子健说，"我了解爱情，我认识爱情，我自己正卷在爱情的巨浪里，我完全明白你和秦阿姨之间发生了些什么。我不想帮妈妈说话，因为妈妈无法和秦阿姨相比，我昨晚就和雨柔说过，如果我是你，我一样会移情别恋，一样会爱上秦阿姨。"

俊之稍稍有些动容了，他沉默着，等待儿子的下文。

"爸爸，这些年来，不是你对妈妈不耐烦，连我们做儿女的，和妈妈都难以兼容。妈妈的生活，在二十几年以来，就只有厨房、卧房、客厅。而我们，见到的，是一片广漠无边的天地。接触的，是新的知识、新的朋友、新的观念、新的人生。妈妈呢？接触的只有那些三姑六婆的朋友们，谈的是东家长西家短，衣料、麻将，和柴米油盐。我们和妈妈之间当然会有距离，这是无可奈何的事情！"

俊之再抽了一口烟，子健停了停，他看不出父亲的反应，在烟雾的笼罩下，父亲的脸显得好模糊。

"我已经大学四年级了，"子健继续说，"很快就要毕业，然后是受军训，然后我会离家而独立。雨柔，早晚是江苇的太太，她更不会留在这家庭里。爸爸，你和妈妈离婚之后，要让她到哪里去？这些年来，她已习惯当'贺太太'，她整个的世界，就是这个家庭，你砸碎这个家庭，我们每个人都可以各奔前程，只有妈妈，是彻彻底底面临的毁灭！爸，我不是帮妈妈说话，我只请你多想一想，即使妈妈不是你的太太，而是你朋友的太太，你忍心让她毁灭吗？忍心看到她的世界粉碎吗？爸爸，多想一想，我只求你多想一想。"

俊之熄灭了那支烟，他紧紧地盯着儿子。

"说完了吗？"他问。

"爸！"子健摇摇头，"我抱歉，我非说这些话不可！因为我是妈妈的儿子!"

"子健,"俊之叫,他的声音很冷静,但很苍凉,"你有没有也为爸爸想一想?离婚,可能你妈妈会毁灭,也可能不毁灭,我们谁都不知道。不离婚,我可以告诉你,你爸爸一定会毁灭!子健,你大了,你一向是个有思想有深度的孩子,请你告诉我,为了保护你妈妈,是不是你宁可毁灭你爸爸!"

子健打了个冷战。

"爸爸!"他蹙着眉叫,"会有那么严重吗?"

"子健,"俊之深沉地说,"你愿不愿意离开晓妍?"

子健又打了个冷战。

"永不!"他坚决地说。

"而你要求我离开雨秋?"

"爸爸!"子健悲哀地喊,"问题在于你已经失去了选择的权利!在二十几年前,你娶了妈妈!现在,你对妈妈有责任与义务!你和秦阿姨,不像我和晓妍,我们是第一次恋爱,我们有权利恋爱!你却在没有权利恋爱的时候恋爱了!"

俊之一瞬也不瞬地瞪视着子健,似乎不大相信自己所听到的,接着,一层浓重的悲愤的情绪,就从他胸中冒了起来,像潮水一般把他给淹没了。

"够了!子健!"他严厉地说,"我们是一个民主的家庭,我们或者是太民主了,所以你可以对我说我没有权利恋爱!换言之,你指责我的恋爱不合理,不正常,不应该发生,是不是?"

子健低叹了一声,他觉得自己的话说得太重了。

"爸爸，对不起……"

"别说对不起！"俊之打断了他，"我虽然是你父亲，却从没有对你端过父亲架子！也没拿'父亲'两个字来压过你，你觉得我不对，你尽可以批评我！我说了，我们是一个民主的家庭！好了，子健，我承认我不对！我娶你母亲，就是一个大错误，二十几年以来，我的感情生活是一片沙漠，如今碰到雨秋，像沙漠中的甘泉，二十几年的焦渴，好不容易找到了水源，我需要，我非追求不可！这是没道理好讲的！你说我没有权利爱，我可以承认，你要求我不爱，我却做不到！懂了吗？""爸爸！"子健喊，"你愿不愿意多想一想？"

"子健，如果你生活在古代的中国，晓妍在'理'字上，是决不可以和你结婚的，你知道吗？"

子健的脸涨红了。

"可是，我并没有生活在古代！"

"很好，"俊之愤然地点点头，"你是个现代青年，你接受了现代的思想，现代的观念！那么，我简单明白地告诉你：离婚是现代法律上明文规定，可以成立的！"

"法律是规定可以离婚，"子健激动地说，"法律却不负责离婚以后，当事人的心理状况！爸，你如果和妈妈离婚，你会成为一个谋杀犯！妈跟你生活了二十几年，你于心何忍？"

"刚刚你在和我说理，现在你又在和我说情，"俊之提高了声音，"你刚刚认为我在理字上站不住，现在你又认为我在情字上站不住，子健子健……"他骤然伤感了起来："父子一场，竟然无法让彼此心灵相通！如果你都无法了解我和雨秋这段感情，我想全世界，再也没有人能了解了！"他颓然地用手支住额，低声说，"够了！子健，你说得已经够多了！你去吧！我会好好地想一想。"

"爸爸！"子健焦灼地向前倾，他苦恼地喊着，"你错了，你误会我！并不是我不同情你和秦阿姨，我一上来就说了，我同情！问题是，你和妈妈两个生下了我，你不可能希望我爱秦阿姨胜过爱妈妈！爸爸，秦阿姨是一个坚强洒脱的女人，失去你，她还是会活得很好！妈妈，却只是一个寄生在你身上的可怜虫呵！如果你真做不到不爱秦阿姨，你最起码请别抛弃妈妈！以秦阿姨的个性，她应该不会在乎名分与地位！"

俊之看了子健一眼，他眼底是一片深刻的悲哀。

"是吗？"他低声问，"你真了解雨秋吗？即使她不在乎，我这样对她是公平的吗？"

"离婚，对妈妈是公平的吗？"子健也低声问。

"你母亲不懂得爱情，她一生根本没有爱情！"

"或者，她不懂得爱情，"子健点头轻叹，"她却懂得要你！"

"要我的什么？躯壳？姓氏？地位？金钱？"

"可能。反正，你是她的世界和生命！"

"可笑！"

"爸，人生往往是很可笑的！许多人就在这种可笑中活了一辈子，不是吗？爸，妈妈不只可笑，而且可怜可叹，我求求你，不要你爱她，你就可怜可怜她吧！"说完，他觉得再也无话可说了，站起身来，他从口袋中掏出一张信纸，递到父亲的面前，"雨柔要我把这个交给你，她说，她要说的话都在这张纸中。爸爸，"他眼里漾起了泪光，"你一直是个好爸爸，你太宠我们了，以至于我们敢在你面前如此放肆，爸，"他低语，"你宠坏了我们！"转过身子，他走出了房间。

俊之呆坐在那儿，他沉思了好久好久，一动也不动。然后，他打开了那张信纸。发现上面录着一首长诗："去去复去去，凄恻门前路，行行重行行，辗转犹含情，含情一回首，见我窗前柳，柳北是高楼，珠帘半上钩，昨为楼上女，帘下调鹦鹉，今为墙外人，红泪沾罗巾，墙外与楼上，相去无十丈，云何咫尺间，如隔万重山，悲哉两决绝，从此终天别，别鹤空徘徊，谁念鸣声哀，徘徊日欲晚，决意投身返，半裂湘裙裾，泣寄雨砧书，可怜帛一尺，字字血痕赤，一字一酸吟，旧爱牵人心，君如收复水，妾罪甘鞭棰，不然死君前，终胜生弃捐，死亦无别语，愿葬君家土，倘化断肠花，犹得生君家！"

长诗的后面，写着几个字："雨柔代母录刺血诗一首，敬献于父亲之前。"

俊之闭上眼睛，只觉得五脏翻搅，然后就额汗涔涔了。他颓然地扑伏在书桌上，像经过一场大战，说不出来有多疲倦。

半晌，他才喃喃地自语了一句："贺俊之，你的儿女，实在都太聪明了。对你，这是幸运还是不幸？"

"雨柔，"江苇坐在他的小屋里，猛抽着香烟，桌上堆满了稿纸，烟灰缸里堆满了烟蒂，他脸上堆满了愤懑，"我根本反对你的行为，我觉得你的做法狭窄、自私，而且愚不可及！"

"江苇，你不理智。"雨柔靠在桌子旁边，瞪大了眼睛，一脸的苦恼，"你反对我，只因为你恨我妈妈！你巴不得我爸爸和妈妈离婚，你就免得受我妈妈的气了，是不是？别说我狭窄自私，我看是你狭窄自私！"

"算了！"江苇嗤之以鼻，"我爱的是你，我看她的脸色干什么？将来我娶的也是你，只要你不给我脸色看，我管她给不给我脸色看！我之所以反对你，是因为我客观，而你不客观！说实话，你妈配不上你爸爸，一对错配的婚姻，最好的解决办法，就是离婚！何必呢？两个人拖下去，你妈只拥有你爸爸的躯壳，你爸爸呢？他连你妈的躯壳都不想要，他只拥有一片空虚和寂寞！雨柔，你爱妈妈，就不爱爸爸了？"

"妈妈会转变，妈妈会去迎合爸爸……"

"哈！"江苇冷笑了一声，"你想把石头变成金子呢！你又没有仙杖，你又不是神仙！"

"江苇！"雨柔生气地叫，"请你不要侮辱我妈妈，无论如何，她还是你的长辈。"

"尽管她是我的长辈！"江苇固执地说，"她仍然是一块石头，她就是当了我的祖宗，她还是一块石头！"

"江苇！"雨柔喊，"你再这样胡说八道，我就不理你了！"

江苇把她一把拉进自己的怀里，用手臂紧紧地圈住了她。

他的嘴唇凑着她的耳朵，轻声地、肯定地说："你会理我！因为，你心里也清楚得很，你妈妈只是一块石头！而且还是块又硬又粗的石头，连雕刻都不可能！而那个秦雨秋呢，却是块美玉！"

"我看,"雨柔没好气地说,"你大概爱上秦雨秋了!"

"哼!"江苇冷哼一声,"爱上秦雨秋也没什么稀奇,她本就是挺富吸引力的女人!可是,我已经爱上贺雨柔了,这一生跟她跟定了,再没办法容纳别的女人了!"

"你干吗爱贺雨柔?她妈是石头,她就是小石头,你干吗舍美玉而取石头!""哈哈!"江苇大笑,"我就喜欢小石头,尤其像你这样的小石头,晶莹、透明、灵巧,到处都是棱角,迎着光,会反射出五颜六色的光线,有最强的折射律,最大的硬度,可以划破玻璃、可以点缀帝王的冠冕、可以引起战争、可以被全世界所注目……"

"你在说些什么鬼话呵!"雨柔稀奇地喊。

"这种石头,学名叫碳。"

"俗名叫钻石,是不是?"雨柔挑着眉问。

"哈哈!"江苇拥住她,低叹着,"你是一颗小钻石,一颗小小的钻石,我不爱你的名贵,却爱你全身反射的那种光华。"

他吻住了她,紧紧地。

半晌,她挣开了他。

"好了,江苇,你要陪我去秦阿姨家!"

"你还要去吗?"江苇注视着她,"我以为我已经说服了你。"

"我要去!"雨柔一本正经地,"可是,要我单枪匹马去,我没有勇气,你爱我,你就该站在我一边,帮我的忙!江苇,难道你忍心看着我的家庭破碎?"

"雨柔，"江苇的脸色也正经了起来，"每个人自己的个性，造成每个人自己的悲剧。你母亲的悲剧，是她自己造成的！你管不了，你知不知道！今天，你或者可以赶掉一个秦雨秋，焉知道明天，不会出现第二个秦雨秋？你母亲个性不改，你父亲早晚要变心，你会管不胜管，烦不胜烦，你何苦呢？"

"你不了解，江苇。"雨柔诚挚地说，"我母亲二十几年来，一直是这副德行。我父亲可能很孤独，很寂寞，他却也安心认命地活过了这二十几年。直到秦雨秋出现了，父亲就整个变了。这世界上没有第二个、第三个秦雨秋，只有唯一的一个！你懂吗？就如同——你眼睛里只有我，哥哥眼睛里只有晓妍，爸爸眼睛里——只有秦雨秋！"

江苇深深地看着雨柔。

"如果是这样子，"他说，"我更不去了。"

"怎么？"

"假若现在有人来对我说，请我放弃你，你猜我会怎么做？我会对那个人下巴上重重地挥上一拳！"

"可是，"雨柔喊，"秦雨秋没有权利爱爸爸！爸爸早已是有妇之夫！"

"哦！"江苇瞪大了眼睛，"原来你在讲道理，我还不知道你是个卫道者！那么，雨柔！让我告诉你，汤显祖写《牡丹亭记题词》，中间有两句至理名言，你不能不知道！他说：第云理之所必无，安知情之所必有邪！已经说明人生的事，情之所钟，非'理'可讲！那是三百年前的人说的话了！你现在啊，还不如一个三百年前的人呢！"

"江苇！"雨柔不耐地喊，"你不要向我卖弄你的文学知识，我保护母亲，也是理之所必无，情之所必有，怎么样？你别把'情'字解释得那么狭窄，父母子女之情，一样是情！难道只有男女之情，才算是情？"

"好，好！"江苇说，"我不和你辩论，你是孝女，你去尽孝，我不陪你去碰钉子！别说我根本不赞成这事，即使我赞成，那个秦雨秋是怎样的人，你知道吗？她有多强的个性，我行我素，管你天下人批评些什么，她全不会管！她要怎么做就会怎么做的！你去，只是自讨没趣！"

"她却有个弱点。"雨柔轻声说。

"什么弱点？"

"和爸爸的弱点一样，她善良而心软。"

江苇瞪着她。

"哦，你想利用她这个弱点？"

"是的。"

"雨柔，"江苇凝视着她，静静地说，"我倒小看你了！你是个厉害的角色！"

"不要讽刺我，"她说，"你去不去？"

"不去。"他闷闷地说。

"你到底去不去？"她提高了声音。

"不去！"

"你真的不去？"

"不去。"

"很好！"她一甩头，往门外就走，"我有了困难，你既然不愿意帮助，你还和我谈什么海枯石烂，生死与共！不去就不去，我一个人去！我就不信我一个人达不到目的，你等着瞧吧！"

他跳起来，一把抱住她。

"雨柔，雨柔，"他柔声叫，"别为你的父母，伤了我们的感情，好吗？从来，我只看到父母为子女的婚姻伤脑筋，还没看到子女为父母伤脑筋的事！"

"你知道这叫什么？"她低问。

"什么？"

"第云理之所必无，安知情之所必有邪！"她引用了他刚刚所念的句子。

江苇忍不住笑了起来。

"你不但厉害，而且聪明。"他说。

她翻转身子，用手揽住了他的颈项，她开始温柔地、甜蜜地、细腻地吻他。一吻之后，她轻轻地扬起睫毛，那两颗乌黑的眼珠，盈盈然，镗镗然地直射着他，她好温柔好温柔地低问："现在，你要陪我去吗？"

他叹息，再吻她，一面伸手去拿椅背上的夹克。

"你不只聪明，而且灵巧，不只灵巧，而且——让人无法抗拒。是的，我陪你去！"

走出了江苇的小屋，外面是冬夜的冷雨。这是个细雨绵绵的天气。夜，阴冷而潮湿，雨丝像细粉般洒了下来，飘坠在他们的头发上、面颊上和衣襟上。江苇揽紧了她，走出小巷，他问："你怎么知道今晚秦雨秋在家？又怎么知道你爸爸不会在她那儿？"

"今晚是杜伯伯过生日，爸爸妈妈都去了，根据每年的经验，不到深夜不会散会，何况，我已经告诉妈妈，要她绊住爸爸。至于秦雨秋，"她仰头看看那黑沉沉的天空，和无边的细雨，"只有傻瓜才会一个人冒着风雨，在这么冷的天气往外跑。"

"晓妍呢？"他问，"你总不能当着晓妍谈。"

"晓妍现在在我家。"雨柔笑容可掬，"和哥哥在一起，我想——不到十二点，她不会回去的！"

"哦！"江苇盯着她，"你——不只让人无法抗拒，而且让人不可捉摸。你——早已计划好了。"

"是的。"

"我想——"他闷闷地说，"我未来的生活可以预卜了，我将娶一个世界上最难缠的妻子。"

"你怕我吗？"

"怕？"他握住她凉凉的小手，她手心中有一条疤痕，他抚摸那疤痕，"不是怕，而是爱。"

他们来到了雨秋的家，果然，来开门的是雨秋本人。一屋子的寂静，一屋子冬天的气息，有木炭的香味，雨秋在客厅中生了一盆炉火。看到雨柔和江苇，她显得好意外，接着，她就露出了一脸由衷的喜悦及欢迎。

"你们知道，人生的至乐是什么？"她笑着说，"在冬天的晚上，冷雨敲窗之际，你品茗着自己的寂寞，这时，忽然来两个不速之客，和你共享一份围炉的情趣。"

她那份喜悦，她那份坦白，以及她那份毫不掩饰的快乐，使江苇立刻有了种犯罪的感觉，他悄悄地看了一眼雨柔，雨柔似乎也有点微微地不安。但是，雨秋热烈地把他们迎了进去。她拖了几张矮凳，放在火炉的前面，笑着说："把你们的湿外套脱掉，在炉子前面坐着，我去给你们倒两杯热茶。"

"秦阿姨，"雨柔慌忙说，"我自己来，你别把我当客人！"

她跟着雨秋跑到厨房去。

雨秋摸摸她的手，笑着："瞧，手冻得冰冰冷！"她扬声喊，"江苇，你不大会照顾雨柔呵！你怎么允许她的手这样冷！"

江苇站在客厅里，尴尬地傻笑着，他注意到客厅中有一架崭新的电子琴。

"秦阿姨，你弹琴吗？"他问。

"那架电子琴吗？"雨秋端着茶走了过来，把茶放在小几上，她又去端了一盘瓜子和巧克力糖来，"那是为晓妍买的，我自己呀，钢琴还会一点，电子琴可毫无办法。最近，晓妍和她父母有讲和的趋势，这电子琴也就可以搬到她家去了。"

她在炉边一坐，望着他们："为什么不坐？"

江苇和雨柔脱掉外套，在炉边坐下。雨柔下意识地伸手烤烤火，又抬头看看墙上的画——莫道不销魂，帘卷西风，人比黄花瘦，她看呆了。江苇顺着她的视线看过去，也默默地出起神来。

雨秋忽然觉得有点不对劲了。她看看江苇，又看看雨柔，耸了耸肩说："你们两个没吵架吧？"

"吵架？"雨柔一惊，掉转头来，"没有呀。"

"不能完全说没有，"江苇说，燃起了一支烟，"我们刚刚还在辩论'理之所必无，情之所必有'两句话呢！"

"是吗？"雨秋问，"我没听过这两句话。"

"出自《牡丹亭记题词》里，"江苇望着雨秋，"已经有三百年的历史了。我们在讨论，人类的感情，通常都是理之所必无，情之所必有的。三百年前的人知道这个道理，今天的人，却未见得知道这个道理！"

"江苇！"雨柔轻轻地叫，带着抗议的味道。

雨秋深深地看了他们一会儿，这次，她确定他们是有所为而来了。她啜了一口茶，拿起火钳来，把炉火拨大了，她沉思地看着那往上升的火苗，淡淡地问："你们有什么话要对我说吗？"

"我没有。"江苇很快地说，身子往后靠，他开始一个劲儿地猛抽着香烟。

"那么，是雨柔有话要对我说了？"雨秋问，扫了雨柔一眼。

雨柔微微一震，端着茶杯的手颤动了一下。在雨秋那对澄澈而深刻的眼光下，她觉得自己是无所遁形的。忽然间，她变得怯场了，来时的勇气，已在这炉火、这冬夜的气氛、这房间的温暖中融解了。她注视着手中的茶杯，那茶正冒着氤氲的热气，她轻咳了一声，嗫嚅地说："我……也没什么，只是……想见见您。"

"哦！"雨秋沉吟地，她抬起眼睛来，直视着雨柔，她的脸色温和而亲切。"雨柔，你任何话都可以对我讲，"她坦率地，"关于什么？你爸爸？"

雨柔又一震，她抬起睫毛来了。

"没有秘密可以瞒过你，是不是，秦阿姨？"她问。

雨秋勉强地微笑了一下。

"你脸上根本没有秘密，"她说，"你是带着满怀心事而来的。是什么，雨柔？"

雨柔迎着她的目光，她们彼此深深注视着。

"秦阿姨，我觉得你是一个好奇怪的女人，你洒脱，你自信，你独立，你勇敢，你敢爱敢恨、敢做敢当，你什么都不怕、什么都不在乎，像一只好大的鸟，海阔天空，任你遨游。你的世界，像是大得无边无际的。"

雨秋倾听着，她微笑了。

"是吗？"她问，"连我自己都不知道呢！当你们来以前，我正在想，我的世界似乎只有一盆炉火。"

雨柔摇摇头。

"你的炉火里一定也有另一番境界。"

雨秋深思地望着她。

"很好，雨柔，你比我想象中更会说话。最起码，你这篇开场白，很让我动心，下面呢？你的主题是什么？"

"秦阿姨，我好羡慕你有这么大的世界，这么大的胸襟。但是，有的女人，一生就局促在柴米油盐里，整个世界脱离不开丈夫和儿女，她单纯得近乎幼稚，却像个爬藤植物般环绕着丈夫生存。秦阿姨，你看过这种女人吗？"

雨秋垂下了眼睛，她注视着炉火，用火钳拨弄着那些燃烧的炭，她弄得炉火爆出一串火花。她静静地说："为什么找我谈？雨柔？为什么不直接找你父亲？你要知道，在感情生活里，女人往往是处于被动，假若你不希望我和你父亲来往，你应该说服你父亲，让他远远地离开我。"

雨柔默然片刻。

"如果我能说动爸爸，我就不会来找你，是吗？"

雨秋抬起眼睛，她的眼光变得十分锐利，她紧紧地盯着雨柔，笑容与温柔都从她的唇边隐没了。

"雨柔，你知道你对我提出的是一个很荒谬的要求吗？你知道你在强人所难吗？"

"我知道。"雨柔很快地说，"不但荒谬，而且大胆，不但大胆，而且不合情理。我——"她低声说，"不勉强你，不要求你，只告诉你一个事实，妈妈如果失去了爸爸，她会死掉，她会自杀，因为她是一棵寄生草。而你，秦阿姨，你有那么广阔的天地，你不会那样在乎爸爸的，是不是？"

雨秋瞪着雨柔。

"或许，"她轻声地说，"你把你爸爸的力量估计得太渺小了。"

雨柔惊跳了一下。

"是吗，秦阿姨？"她问。

"不过，你放心，"雨秋很快地甩了一下头，"我既不会死掉，也不会自杀，我是一个生命力很强的女人！一个像我这样在风浪中打过滚的女人，要死掉可不容易！"她把火钳重重地插入炭灰里，"但是，雨柔，当我从这个战场里撤退的时候，你的父亲会怎样？"

"爸爸吗？"雨柔咬咬嘴唇，"我想，他是个大男人，应该也不会死掉，也不会自杀吧！"

"很好，很好。"雨秋站起身来，绕着屋子走了一圈，又绕着屋子再走了一圈，"你已经都想得很周到了，难为你这么小小年纪，能有这样周密的思想，你父亲应该以你为荣。"她停在江苇面前："江苇，你也该觉得骄傲，你的未婚妻是个天才！"

江苇注视着雨秋，他的眼光是深刻的，半晌，他骤然激动地开了口："秦阿姨，"他说，"你不要听雨柔的，没有人能勉强你做任何事，如果贺伯母因为贺伯伯变心而自杀，那也不是你的过失，你并没有要贺伯母自杀！花朵之吸引蝴蝶，是蝴蝶要飞过去，又不是花要蝴蝶过去的！这件事里面，你根本负不起一点责任……""江苇！"雨柔喊，脸色变白了，"你是什么意思？你安心要让我下不了台？"

"你本不该叫我来的！"江苇恼怒地说，"我早说过，我无法帮你说话！因为我们在基本上的看法就不同！"

"江苇，"雨柔瞪大眼睛，"你能不能不说话？"

"对不起，"江苇也瞪大眼睛，"我不是哑巴！"

雨秋把长发往脑后一掠，仰头仰头，她拦在雨柔和江苇的中间。她的眼光深邃而怪异，唇边浮起了一个莫测高深的微笑。

"好了！你们两个！"她说，"如果你们要吵架，请不要在我家里吵，如果你们的意见不统一，也不要在我面前来讨论！尤其，我不想成为你们争论的核心！""秦阿姨！"雨柔跳了起来，又气又急，眼泪就涌了上来，在眼眶里打转，"我没办法再多说什么了，江苇把我的情绪完全搅乱了。我来这儿，只有一个目的……"眼泪滑下了她的面颊，她抽噎了起来，"我只求你，求你，求你！求你可怜我妈妈，她懦弱而无知，她……她……她不像你，秦阿姨……"

雨秋望着雨柔。

"你的来意，我已经完全了解，雨柔。怕只怕——会变成'抽刀断水水更流'！"她用手揉了揉额角，"不要再说了，我忽然觉得很累，你们愿不愿意离开了？"

"秦阿姨！"雨柔急促地喊了一声。

雨秋走到那架电子琴前面，打开琴盖，她坐了下来，用弹钢琴的手法随便地弹弄着音键，背对着雨柔和江苇，她头也不回地说："雨柔，你和江苇以后一定要统一你们的看法和思想，现在，你们还年轻，你们可以并肩前进。有一天，你们的年纪都大了，那时候，希望你们还是手携着手，肩并着肩，不要让中间有丝毫的空隙，否则，那空隙就会变成一条无法弥补的壕沟。"

"秦阿姨！"雨柔再叫，声音是哀婉的。

"我练过一段时间的钢琴，"雨秋自顾自地说，"可惜都荒废了，晓妍的琴弹得很好，希望不会荒废。"她弹出一串优美的音符："听过这支歌吗？我很喜欢的一支曲子。"她弹着。再说了一句："你们走的时候，帮我把房门关好。"然后，她随意地抚弄着琴键，眼光迷迷糊糊的，她脑中随着音符，浮起了一些模糊的句子："有谁能够知道？为何相逢不早？人生际遇难知，有梦也应草草！说什么愿为连理枝，谈什么愿成比翼鸟，原就是浮萍相聚，可怜那姻缘易老！问世间情为何物？笑世人神魂颠倒，看古今多少佳话，都早被浪花冲了！……"

她停止了弹琴，仍然沉思着，半晌，她骤然回过头来："你们还没有走吗？"她问。

江苇凝视着她，然后他拉住雨柔的手腕。

"我们走吧！"他凄然地说。

雨柔心中酸涩，她望着雨秋，还想说什么，但是，江苇死命地拉住她，把她带出门去了。

雨秋望着房门合拢，然后，她在炉火前坐了下来，弯腰拨着炉火。风震撼着窗棂，她倾听着窗外的雨声，雨大了。又是雨季！又是个濡湿的、凄冷的冬天！一个炉火也烘不干、烤不暖的冬天。

第十章

时间流了过去，转瞬间，春天又来了。

这段时间，对俊之而言，是漫长而难耐的，生活像是一副无可奈何的担子，沉重地压在他的肩上。"离婚"之议，在儿女的强烈反对下，在婉琳的泪眼凝注下，在传统的观念束缚下，被暂时搁置下来了。雨秋随着春天的来临，越变越活泼、越变越外向、越变越年轻、越变越难以捉摸。她常常终日流连在外，乐而忘返，即使连晓妍，也不知道她行踪何在。

俊之似乎很难见到她了，偶然见到，她一阵嘻嘻哈哈，就飘然而去，他根本无法和她说任何知心的言语。他开始觉得，她和他之间，在一天比一天疏远、一天比一天陌生。而这疏远与陌生，是那么逐渐地、无形地、莫名其妙地来临了。

四月，阳光温暖而和煦，冬季的寒冷已成过去，雨季也早已消失。这天，俊之一早就开了车来找雨秋。再也不能容忍她那份飘忽、再也不甘愿她从他手中溜去。他一见面就对她说："我准备了野餐，我们去郊外走走！"

"好呀！"雨秋欣然附议，"我叫晓妍和子健一块儿去，人多热闹点儿！"

"不！"俊之阻止了她，"不要任何人，只有我和你，我想跟你谈一谈。"

她愣了愣。

"也好，"她笑着说，"我也有事和你商量，也不换衣服了，我们走吧！"拿起手提袋，她翩然出门，把房门重重地合拢。

他望着她，一件黑色的麻纱衬衫，一条红色的喇叭裤，长发披泻，随风摇曳。就那么简简单单的装束，她就是有种超然脱俗的韵味。他心中低叹着，天知道，他多想拥有她！如果命运能把她判给他，他宁愿以他所有其他的东西来换取。因为，幸福是围绕着她的；她的笑容、她的凝视、她的豪放、她的潇洒、她的高谈阔论，或她的低言细语、她的轻颦浅笑、或她的放怀高歌……啊，幸福是围绕着她的！她举手，幸福在她手中；她投足，幸福在她脚下；她微笑，幸福在她的笑容里；她凝眸，幸福在她的眼波中。人，怎能放走这么大的幸福！他要她！他每一个细胞、每一根纤维、每一分思想、每一缕感情，都在呼唤着她的名字：雨秋，雨秋，那全世界幸福的总和！

上了车，他转头望她。

"到什么地方去？"

"海边好吗？"她说，"我好久没有见到浪花。"

他心中怦然一动，没说话，他发动了车子。

车子沿着北部海岸，向前进行着，郊外的空气，带着原野及青草的气息，春天在车窗外闪耀。雨秋把窗玻璃摇了下来，她的长发在春风中飞舞，她笑着用手压住头发，笑着把头侧向他，她的发丝拂着他的面颊。

他看了她一眼。

"你今天心情很好。"他说。

"我近来心情一直很好，你不觉得吗？"她问。

"是吗？"他看了她一眼，"为什么？"

"事业、爱情两得意，人生还能多求什么？"她问，语气有一点儿特别。他看看她，无法看出她表情中有什么特殊的意味。但是，不知怎的，他却觉得她这句话中颇有点令人刺心的地方。他不自禁地想起牛排馆中那一夜，她醉酒的那一夜，他轻叹一声，忽然觉得心头好沉重。

"怎么了？"她笑着问，"干吗叹气？"

他伸过一只手来，握住她的手。

"我觉得对你很抱歉。"他坦白地说，"不要以为我没把我们的事放在心上……"

"请你！"她立即说，"别煞风景好吗？你根本没有任何地方需要对我道歉。我们在一起，都很开心，谁也不欠谁什么，谈什么抱歉不抱歉呢！"

他蹙起眉头，注视了她一眼。他宁愿她恨他、怨他、骂他，而不要这样满不在乎。她看着车窗外面，好像全副精神都被窗外的风景所吸引了。忽然间，她大喊："停车，停车！"

他猛然刹住车子，不知道发生了什么大事，她打开车门，翩然下车，他这才注意到，路边的野草中，开了一丛黄色的小雏菊。她喜悦地弯下身子，采了好大的一束。然后，她上了车，把一朵雏菊插在鬓边的长发里，她转头看他，对他嫣然微笑。

"我美吗？"她心无城府地问。

他低叹了一声。

"你明知道的！"他说，"在我眼光中，全世界的美，都集中于你一身！"

她微微一震，立刻笑了起来。

"这种话，应该写到小说里去，讲出来，就太肉麻，也太不真实了！"

他瞪了她一眼，想说什么，却按捺了下去。他沉默了，忽然感到她离他好远，她那样心不在焉，潇洒自如，又那样莫测高深，他的心脏开始隐隐作痛。而她，握着那一把雏菊，她拨弄着那花瓣，嘴里轻轻地哼着歌曲。

车子停在海边，这不是海的季节，海风仍强，吹在身上凉飕飕的，整个沙滩和岩石边，都寂无一人。

他们下了车，往沙滩上走去，他挽着她，沙滩上留下了两排清楚的足迹。浪花在翻卷、在汹涌、在前推后继。她走向岩石，爬上了一大块石头，她坐了下来，手里仍然握着花束，她的眼光投向了那广漠的大海。海风掀起了她的长发，鼓动了她的衣衫，她出神地看着那海浪，那云天、那海水反射的粼光，似乎陷进了一份虚渺的沉思里。

他在她身边坐了下来。阳光很好，但是，风在轻吼、海在低啸、浪花在翻翻滚滚。

"想什么?"他柔声问,用手抚弄她那随风飞舞的发丝。感到她的心神飘忽。她默然片刻。

"我在想,下个月的现在,我在什么地方。"终于,她平平静静地说,看着海面。

"什么?"他惊跳,"当然在台湾,还能在哪里?"

她转过头来了,她的眼光从海浪上收了回来,定定地看着他。眼底深处,是一抹诚挚的温柔。

"不,俊之,我下月初就走了。"

"走了?"他愕然地瞪大眼睛,"你走到哪里去?"

"海的那一边。"她说,很平静,很安详,"我早已想去了,手续到最近才办好。"

他凝视她,咬住牙。

"不要开这种玩笑,"他低声说,紧盯着她,"什么玩笑都可以开,但是,不要开这种玩笑。"

"你知道我没开玩笑,是不是?"她的眼光澄澈而清朗,"我又何必和你开玩笑呢?我告诉你,世界好大,而我是一只大鸟,海阔天空,任我遨游。我是一只大鸟,现在,鸟要飞了。"

"不不,"他拼命摇头,心脏一下子收缩成了一团,血液似乎完全凝固了,"你哪儿也不去!雨秋,我知道你心里在想什么,自从那晚在牛排馆之后,你就没有快乐过。你以为我和你逢场作戏,你心里不开心,你就来这一套!不不,雨秋,"他急促起来,"我答应你,我会尽快解决我的问题,但是，你不会离开。你要给我一段时间，给我一个机会……"

"俊之！"她蹙起眉头，打断了他，"你在说什么？你完全误会了！我对你从没任何要求，不是吗？我并没有要你解决什么问题，我和你之间，一点麻烦也没有，一点纠葛也没有，不是吗？"

他瞪着她，死命地瞪着她。

"雨秋！"他哑声喊，"你怎么了？"

"我很好呀！"雨秋大睁着一对明亮的眸子，"很开心、很快乐、很自由、很新奇……因为我要到另一个天地里，去找寻更多的灵感。"

他怔怔地望着她。

"你的意思是说，你将到海外去旅行一段时间？去一个月？还是两个月？好，"他点点头，"你能不能等？"

"等？等什么？"

"我马上办手续，陪你一起去。"

她凝视他，然后，她掉转头来，望着手里的花朵。

"你不能陪我去，俊之。"

"我能的！"他急切地说，"我可以把云涛的业务交给张经理，我可以尽快安排好一切……"

"可是，"她静静地说，"李凡不会愿意你陪我去！"

"李凡？"他大大一震，"李凡是个什么鬼？"

"他不是鬼，他是个很好的人，"雨秋摘下一朵小花，开始把花瓣一瓣瓣地扯下来，风吹过来，那些花瓣迎风飞舞，一会儿就飘得无影无踪，"你忘了吗？他是个华侨，当我开画展的时候，他曾经一口气买了我五张画！"

"哦，"俊之的心沉进了地底，他挣扎着说，"我记得了，那个土财主！"

"他不是土财主，他有思想、有深度、有见解、有眼光，他是个很有吸引力的男人！"

"哦！"他盯着她，"我不知道，他最近又来过台湾吗？"

"是的，来了两星期，又回去了。"

怪不得！怪不得她一天到晚不见人影，怪不得她神秘莫测，怪不得她满面春风，怪不得！怪不得！他的手抵着岩石，那岩石的棱角深深地陷进他的肌肉里。

"这么说来，"他吸进一口冷风，"你并不是去旅行？而是要去投奔一个男人？他的旅馆和金钱，毕竟打动了你，是不是？"

他望着她。

"你要这样说，我也没办法，"她继续撕着花瓣，"我确实是去投奔他，你知道不是为了金钱，而是为了他的人，我喜欢他！"

他狠狠地望着她。

"你同时间能够喜欢几个男人？"他大声问。

"俊之？"她的脸色发白了，"你要跟我算账吗？还是要跟我吵架？我和你交往以来，并没有对你保证过什么，是不是？我既不是你的妻子，又不是你的小老婆，你要我怎么样？只爱你一个？永不变心？假若我是那样的女人，我当初怎么会离婚？你去问问杜峰，你打听打听看，秦雨秋是怎样的女人！我们好过一阵，谁也没欠谁什么，现在好聚好散，不是皆大欢喜？"

他重重地喘着气，眼睛发直，面色惨淡。

"雨秋！这是你说的？"他问。

"是我说的！"

"每句都是真心话？"

"当然。"她扬扬眉毛。

他注视着她，不信任地注视着她，他眼里充满了愤怒、懊丧、悲切、和深切的哀痛。半晌，他只是瞪着她而不说话，然后，他闭了闭眼睛，重重地一甩头，忽然抓住了她的手腕，他开始急促地、恳求地、满怀希望地说："我知道了，雨秋，整个故事都是你编出来的！你在生我的气，是不是？这么久，我没有给你一个安排，你心里生气，嘴里又不愿意讲，你就编出这么一个荒谬的故事来骗我！雨秋！你以为我会相信，不，我不会信的！雨秋，我知道有一个李凡，我也知道他会追求你，但是，你不会这么快就变心。雨秋，你不去美国，你要留下来，我保证，我明天就离婚，明天就离！你真要去美国，我们一起去，我们去度蜜月，不只去美国，我们还可以去欧洲，你画画，我帮你背画架！"

他的眼睛明亮，闪烁着心灵深处的渴望："好不好？雨秋，我们一起去！"他握紧她的手腕，摇撼着她，"我们一起去！回来之后，我帮你再开一个画展，一个更大的、更成功的画展！"

她迎视着他的目光，风吹着她的眼睛，她不得不半垂着睫毛，那眼珠就显得迷迷糊糊起来。

"我抱歉……"她低低地说。

"不是你抱歉，"他很快地打断她，"是我抱歉，我对不起你，我让你受了委屈，你那么要强好胜，你不会讲。但是，我知道，你受了好多好多委屈。雨秋，我弥补，我一定弥补，我要用我有生之年，来弥补你为我受的委屈，只求你一件事，不要离开我！雨秋，不要离开我！"

"如果我真受了什么委屈，"她轻声地说，"你这一篇话，已足以说服我，让我留下来。但是，很不幸，俊之，你必须接受一个事实，我这种女人，天生无法安定，天生不能只属于一个男人。我太活跃、太不稳定、太好奇、太容易见异思迁，我是个坏女人。俊之，我是个坏女人。"

"不是！不是！你不是！"他疯狂地摇头，"你只是在生我的气！"

她盯着他，骤然间，她冒火了。

"我一点也没有生你的气！"她恼怒地大喊，无法控制地大喊，挣开了他的手，"你为什么不肯面对现实？像你这样的大男人，怎么如此娘娘腔？"她的眼眶涨红了："你一定要我清清楚楚地告诉你，我不爱你了，是不是？你难道不懂吗！我另外有了男朋友！我爱上了别人！"她喊得那样响，声音压过了海涛，压过了风声，"我要走！不是因为你没有离婚，而是因为另外有一个大的力量在吸引我，我非去不可！我爱上了他！你懂了吗？"

俊之的眼睛直直地望着她，他呆了，怔了，血色离开了他的嘴唇，他呆呆地坐着，一动也不动。她注视他，他一直不动，就像一块他们身边的岩石。她泄了气，不自禁地软弱了下来，她苦恼地蹙蹙眉，轻唤了一声："俊之?"

他依然不动，似乎充耳不闻。她摸摸他的手，担忧地叫："俊之?"

他仍然不动。她在他耳边大吼："俊之!"

他惊醒了，回过神来。

"哦，雨秋?"他做梦似的说，"你刚刚在说什么?"

"不要装听不见!"她又生气了，"我已经对你说得很清楚了，我不想一再重复!"

"是的，你说得很清楚了，"他喃喃地自语，"你爱上了李凡，一个百万富翁!你要到美国去嫁给他，至于我和你的那一段，已经是过眼云烟，你在寂寞时碰到我，用我来填充你的寂寞，如今时过境迁。如果我是一个男子汉，应该洒脱地甩甩头，表示满不在乎。"他瞪着她，眼光倏然间变得又锐利、又冷酷，"是吗?雨秋?"

"随你怎么说，"雨秋垂下眼睛，"我不想为自己说任何话。反正，事实上，我有了另外一个男人，再怎么自我掩饰，都是没有用的事，我一生，就没办法做到用情专一。总之，我希望我们好聚好散，谁也别怨谁。"

"放心，"他冷冷地说，"我不会怨你!要怨，也只能怨我自己!怨我的傻，怨我的执着，怨我的认真!"他站起身来，忽然放声大笑："哈哈!天下有我这种傻瓜，活到四十几岁，还会迷信爱情!很好，雨秋，你最起码做了一件好事，你教育了我！这些年来，我像个天真的孩子，当杜峰他们寻花问柳的时候，我嘲笑他们，因为我盲目地崇拜爱情！现在，我知道什么叫爱情了。"

雨秋也站起身来，她手里那一束花，不知何时，已经被她揉成了碎片纷纷。她凝视他，忍不住神情恻然。

"俊之，请你不要太难过，无论如何，你有个好太太，有两个优秀的儿女，这，应该足以安慰你了……"

他顿时一把抓住了她，他的眼光惊觉而凌厉。

"好了，雨秋。"他哑声说，"不演戏了！告诉我，是谁去找过你？我太太？子健？还是雨柔？是谁要你这样做？告诉我！别再对我演戏！"

她战栗了一下，他没有忽略她这一下战栗，立即，他一把拥住了她，把她紧紧地抱在他怀里，俯下头，他捉住了她的嘴唇。顿时间，他深深地、强烈地吻住了她，他的唇碾过了她的，带着战栗的、需索的、渴求的深情。她挣扎着，却挣不开他那强而有力的胳膊，于是，她屈服了。她一任他吻、一任他拥抱、一任他的唇滑过她的面颊和颈项。他抬起头来，他的眼睛狂野而热烈。

"你居然敢说你已经不再爱我了？"他问。

"我还是要说，我不再爱你了。"她说，望着他。

"你的心灵在否认你的话，你的心灵在说，你仍然爱着我！"

"你听错了。要不然，你就是在欺骗你自己。"

他捏紧她的胳膊，捏得她好痛好痛。

240

"你真的不再爱我？真的要去美国？真的爱上了别人？都是真的？"

"都是真的。"

他用力握紧她，她痛得从齿缝里吸气。

"对我发誓你说的是真的！"

"如果我说的是假话，我会掉在海里淹死！"

"发更毒的誓！"他命令，"用晓妍来发誓！"

她挣开了他，愤怒地大嚷："贺俊之，你少胡闹了！行不行？为什么你一定要强迫一个不爱你的女人承认爱你？对你有什么好处？我告诉你！"她发狂般地大叫，"我不爱你！不爱你！不爱你！不爱你！你只是我的一块浮木，你只是一个小浪花，而我生命里有无数的浪花，你这个浪花，早就被新的浪花所取代了，你懂吗？你看那大海，浪花一直在汹涌，有没有停下来的时候？我们的故事已经结束了！结束了！结束了！你知不知道什么叫结束？"

他举起手来，想打她，他的脸色惨白，眼睛发红，终于，他的手垂了下来。

"我不打你，"他喘着气说，"打你也唤不回爱情。很好……"

他凝视着那广漠无边的大海，真的，浪花正翻翻滚滚，扑打着岩石，旧的去了，新的再来，卷过去，卷过去，卷过去……

前赴后继，无休无止。"很好，"他咬紧牙关，"我们的故事，开始于浪花，结束于浪花，最起码，还很富有文艺气息。"他冷笑："浪花，我以为是一段惊心动魄的爱情，原来只是一个小浪花！"

"世界上多少惊心动魄的爱情，也只是一个小浪花而已。"雨秋残忍地说，"何须伤感？如果我是你，我就一笑置之。"

他瞪着她，像在看一个陌生人。

"秦雨秋，你是个刽子手！"他说，"希望我以后的生命里，再也没有浪花，这个小浪花，已经差点淹死了我。事实上，"他沉思片刻，冷笑的意味更深了，"这浪花已经淹死了我——淹死了我整个的爱情生命！"

"在遇见我以前，你何尝有爱情生命？"她漠然地说，语气冷得像北极的寒冰，"浪花原就是我带给你的，我再带走，如此而已。"

他瞪了她好久好久，挣扎在自己那份强烈的愤怒与痛楚里。紧闭着嘴，他的脸僵硬得像一块石头。

"看样子，"终于，他说，"我们再谈下去也没有用了，是吗？你就这样子把我从你生命里完完全全抹杀了，是吗？很好，我是男子汉，我该提得起，放得下！"他咬牙："算我白认识了你一场！走吧！我们还站在这儿吹冷风干什么？"

她一语不发，只是掉头向车子走去。

于是，他们踏上了归途。

车子里，他们两个都变得非常沉默。他疯狂地开着快车，一路超速。她默默地倚在座位里，一直没有再开口。到了家门前，他送她上了楼，她掏出钥匙。

"我想，"他闷声说，"你并不想请我进去！"

"是的。"她静静地接了口，"最好，就这样分手。我下月初走，坐船，我不喜欢飞机。"她顿了顿："在这段时间里，不见面对我们两个都好些。"她打开了房门，很快地再扫了他一眼，"就此再见吧！俊之。"

他愕然片刻。真的结束了吗？就这样结束了吗？他摇摇头，不大相信。不不，不能结束！不甘结束！不愿结束！可是，雨秋的神情那样冷漠、那样陌生、那样坚决。她不再是他的雨秋了！不再是他梦中的女郎！不再是那个满身诗情画意、满心柔情似水的女人！他曾爱过的那个秦雨秋已经像烟一样地飘散了，像云一样地飞去了，像风一样地消失了。不不，那个秦雨秋已经死掉了，死掉了，死掉了！他望着面前这个有长发的陌生女人，只注意到她发际沾着一片小黄花瓣，他下意识地伸手摘下来。小黄花！秦雨秋的小黄花！莫道不销魂，帘卷西风，人比黄花瘦！他失神地冷笑了一下，毅然地转过身子，走下了楼梯。

雨秋目送他的身影消失在楼梯的转角处，她咬紧嘴唇，立即飞快地闪进房里，砰的一声关上了房门。把头仰靠在门上，她伫立片刻，才踉跄地冲进客厅里。

晓妍被惊动了，她从沙发上跳了起来。

"姨妈，你怎么了？"她惊愕地喊，"你病了！你的脸像一张白纸！"

"我很好。"雨秋哑声说，在沙发上软软地躺了下来，"我只是累了，好累好累。"她伸手抓住晓妍的手，她的手冷得像冰，把晓妍的身子拉下来，她抚摸她的短发，眼光飘忽地落在她脸上。她的声音深沉幽邃，像来自深谷的回音："晓妍，你该回你父母身边去了，去跳那条沟。不管有多难跳，那是你该做的工作。晓妍，姨妈不能再留你了。"放开晓妍，她阖上了眼睛，"我好累好累，我想睡觉了。别吵我，让我睡一睡。"

翻身向里面，她把脸埋在靠垫里，一句话也不再说了。

五月初，晓妍终于回到了父母的家里。

事先，雨秋已经打了电话给她的姐姐，当雨晨接到电话的时候，连声音都颤抖了，她似乎不大敢相信这件事是真的。

五年来，她也曾好几次努力，想把这女儿接回家里。但是，晓妍连电话都不肯听，强迫她听，她就在电话里叫着喊："妈，你就当我已经死了！"

而这次，雨秋却在电话中说："晓妍想回家了，她问，你们还欢不欢迎她回去？"

雨晨握着电话的手直发抖，她的声音也直发抖："真的吗？她真愿意回来吗？你不是骗我吗？欢不欢迎？啊，雨秋，"她啜泣起来，"我已经等了她五年了！她肯回来，我就谢天谢地了！我那么爱她，怎么会不欢迎？她是我亲生的女儿呵！""大姐，"雨秋的声音冷静而清晰，"她这次愿意回家，要归功于一个男孩子，他名叫贺子健。这孩子优秀、能干、聪明而热情。你必须有个心理准备，你不只是接女儿回家，同时，你要接受晓妍的男朋友。这次，她是认真地恋爱了，不再是儿戏，不再是开玩笑。晓妍，她已经长大了。不是孩子了。"

"我懂，我懂，我都懂！"雨晨一迭连声地说，"你放心，雨秋，我再也不会像以前那样对待她了，我会试着去了解她，去爱她，去和她做朋友。这些年来，你不知道我多痛苦，我反省又反省，想了又想，说真的，我以前是太过分了，但是，我爱她，我真的爱她呀！我不知道是什么阻碍了我们，我不知道……"

"我想，"雨秋说，"你和她两个人，都要合力去搭那条桥，总有一天，你们会把桥搭成功的！"

"什么桥？"雨晨不解地问。

"应该叫什么桥？叫爱之桥吧！"雨秋深沉地说，"你们之间隔着一条河，晓妍想回家去搭桥，她很认真，我希望——大姐，你一定要合力搭这座桥。因为我要走了，她是我唯一所牵挂的，如果你让这座桥坍塌掉，那么，再也没有一个姨妈可以挺身而出，来帮助她找回自己了。"

"雨秋，"雨晨的声音里带着哽塞，带着真诚的感激，"谢谢你照顾她这么多年。"

"别骂我带坏了她，就好了。"雨秋苦涩地笑笑，"不过，晓妍跟着我，从来没出过一点儿岔，可见得，管孩子并不一定要严厉才收效。可能，了解、欣赏、同情与爱心，比什么都重要。大姐，"她沉吟片刻，"晓妍，还给你了，好好爱她，她一直是个好孩子。"

雨晨忍不住哭了起来。

"不只她是个好孩子，"她哭着说，"雨秋，你也是个好姨妈！"

"有你这句话，也就够了。"雨秋低叹着说，"看样子，时间磨炼了我们，也教育了我们。这些年来，你不会想到，孩子们成熟得多么快，今天的年轻人，都足以教育我们了！"

挂断了电话，她沉思了很久。家，已经变得很零乱了，因为她即将离去，所有的东西都装箱打包，整个客厅就显得空空落落的。晓妍当晚就回了家，陪她去的，不是雨秋，而是子健。

那晚，晓妍踏着初夏的晚风，踟蹰在家门口，一直不敢伸手按门铃。子健伴着她，在街灯下来来往往地行走着，最后，子健把晓妍拉过来，用胳膊圈着她，他定定地望着她的眼睛，温柔而坚定地说："晓妍，门里面不会有魔鬼，我向你保证，五年来，你一直想面对属于你的真实，现在，你该拿出勇气来了，你从什么地方逃跑的，你回到什么地方去！晓妍，按铃吧！别怕，按铃吧！"

晓妍凝视着子健的眼睛，终于伸手按了门铃。

是雨晨自己来开的门，当门一打开，她眼前出现了晓妍那张年轻、动人、青春而美丽的脸庞时，她愣住了。晓妍的眼里有着瑟缩、有着担忧、有着恐惧，还有着淡淡的哀愁，和浓浓的怯意。可是，等到母亲的脸一出现，她就只看到雨晨鬓边的白发，和眼角的皱纹，然后，她看到母亲眼里突然涌上的泪水，她立即忘了恐惧、忘了担忧、忘了怯场、忘了瑟缩。张开手臂，她大喊了一声："妈！"

就一下子投入了雨晨的怀里，雨晨紧紧紧紧地抱着她，抱得那么紧，好像生怕她还会从她怀中消失，好像怕她抱着的只是一个幻象，一个错觉。眼泪像雨水般从她脸上奔流而下，久久久久，她无法发出声音，然后，她才用手战栗地摸索着女儿的头发、颈项和肩膀，似乎想证实一下这女儿还是完完整整的。接着，她哆哆嗦嗦地开了口："晓妍，你……你……还生妈妈的气吗？你……你……你知道，妈等你……等得好苦！"

"妈妈呀！"晓妍热烈地喊了一声，"我回来，因为，我知道我错了！妈妈，你原谅我吗？允许我回来吗？"

"哦，哦，哦！"雨晨泣不成声了。她把女儿紧压在她胸口，然后，她疯狂般地亲吻着女儿的面颊和头发，她的泪和晓妍的泪混在一起。半晌，她才看到那站在一边的，带着一脸感动的情绪，深深地注视着她们的子健。她对那漂亮的男孩伸出手去："谢谢你，子健，"她说，"谢谢你把我女儿带回家来。现在，让我们都进去吧，好吗？"

他们走了进去，子健反身关上了大门，他打量着这栋简单的，一楼一底的二层砖造洋房，考虑着，这门内是不是无沟无壑，无深谷，无海洋，然后，他想起雨秋的话："事在人为，只怕不做，不是吗？"

不是吗？不是吗？不是吗？雨秋爱用的句子。他跟着那母女二人，跨进了屋内。

同一时间，雨秋只是在家中，整理着她的行装。"此去经年，应是良辰美景虚设"，她模糊地想着，苦涩地折叠着每一件衣服，收拾着满房间的摆饰，和画纸画布，"便纵有千种风情，更与何人说？"她摘下了墙上的画，面对着那张自画像，她忽然崩溃地坐进沙发里，浑身一点力气都没有了。哦，秦雨秋，秦雨秋，她叫着自己的名字，你一生叛变，为什么到最后，却要向传统低头？

她凝视着自己的自画像，翻转画框，她提起笔来，在后面龙飞凤舞地写了几行字，再翻过来，她注视着那绿色的女郎，半含忧郁半含愁，这就是自己的写照。李凡，李凡，在海的彼岸，有个人名叫李凡，她默默地出起神来。

门铃忽然响了，打破了一屋子的寂静，她一惊，会是晓妍回来了吗？那斗鸡般不能兼容的母女，是不是一见面又翻了脸？她慌忙跑到大门口，一下子打开了房门。

门外，贺俊之正挺立着。

她怔了怔，血色立刻离开了嘴唇，他看来萧索而憔悴，落魄而苍凉。

"我还能不能进来坐一坐？"他很礼貌地问。

她的心一阵抽搐，打开门，她无言地让向一边。他跨进门来，走进了客厅，他四面张望着。

"你是真的要走了。"他说。

她把沙发上许多乱七八糟的东西移开，腾出了空位，她生涩地说："坐吧！我去倒茶！"

她走进厨房，一阵头晕猛烈地袭击着她，她在墙上靠了一靠，让那阵晕眩度过去。然后，她找到茶杯、茶叶、热水瓶。冲开水的时候，她把一瓶滚开水都倾倒在手上，那灼热的痛楚使她慌忙地摔下了水壶，"哐啷"一声，水壶碎了，茶杯也碎了。俊之直冲了进来，他一把握住了她烫伤了的手，那皮肤已迅速地红肿了起来。他凝视那伤痕，骤然间，他把她紧拥进自己的怀里，他战栗地喊："雨秋，雨秋！留下来！还来得及！请不要走！请你不要走！"

眼泪迅速地冲进了她的眼眶。不不！她心里在呐喊着：不要这样！已经挣扎到这一步，不能再全军覆没，可是，呐喊归呐喊，挣扎归挣扎，眼泪却依然不受控制地奔流了下来。手上的痛楚在扩大，一直扩大到心灵深处。于是，那眩晕的感觉就又回来了，恍惚中，屋子在旋转，地板在旋转，她自己的人也在旋转。她软软地靠进俊之的胳膊里，感到他胳膊那强而有力的支持，她昏昏沉沉地说："你不该来的，你何苦要来。"

似乎，这是一句很笨拙的话，因为，他一把抱起了她，把她抱回客厅，放在沙发上，他跪在沙发面前，一语不发，就用嘴唇紧紧地吻住了她。她无法挣扎，也无力挣扎，更无心挣扎。因为，她的心已疯狂地跳动，她的头脑已完全陷入昏乱，只觉得自己整个人轻飘飘的，已经飘到了云层深处。那儿，云层软绵绵地包围住了她，风轻柔柔地吹拂着她。她没有意识了，没有思想了，只是躺在云里，一任那轻风把她吹向天堂。

终于，他的头抬了起来，他的眼睛那样明亮，那样燃烧着疯狂的热情。她在泪雾中凝视着他，想哭，想笑，不能哭，也不能笑——都会泄露太多的东西。可是，难道自己真没有泄露什么吗？不不，已经泄露得太多太多了。真实，是你自己永远无法逃避的东西。

他用手温柔地拂开她面颊上的发丝。他低语："你可以搬一个家，我们去买一栋小巧精致的花园洋房，你喜欢花，可以种满花，长茎的黄色小花！东西既然都收好了，不必再拿出来，我会尽快去买房子，完全按你喜欢的方法来布置。"

她伸出手，抚摸他的面颊，黯然微笑着说："你想干什么？金屋藏娇？"

"不。"他摇头，深深地望着她，简单地说，"娶你！"

她迎视着他的目光，她的手，继续温柔地抚摸着他的面颊。她知道，现在要做任何掩饰都已经晚了，她的眼睛和心灵已说了太多太多的言语。

"俊之，"她轻轻摇头，"我不要和你结婚，也不要你金屋藏娇。"

他凝视她。

"你要的，"他说，"因为你要我。"

她咬住了嘴唇，他用手指轻柔地抚弄她的唇角。

"不要咬嘴唇，"他说，"你每次和自己挣扎的时候，你会把嘴唇咬得出血。"

"哦，俊之！"她把头转向沙发里面，"请你饶了我吧！饶了我吧！"

他把她的头扳转过来。

"雨秋，"他低低地喊，"不要讨饶！只请你——救救我吧！好不好？"

哦！她深抽了一口气，闭上眼睛，她用手环绕住了他的脖子，把他的头拉向了自己，立刻，他们的嘴唇胶着在一起了！怎样痛楚的柔情，怎样酸涩的需索，怎样甜蜜的疯狂！天塌下来吧！地球毁灭吧！来一个大地震，让地壳裂开，把他们活埋进去，那时候，就没有人来和她讲"对"与"错"、"是"与"非"，以及"传统"和"道德"、"畸恋"和"反叛"种种问题了。

她放开了他。没有地震、没有海啸、没有山崩地裂，世界还是存在着、人类还是存在着、问题也还是存在着。她轻叹了一声："俊之，你要我怎么办？我一生没有这么软弱过。"

"交给我来办。好不好？"他问。

她沉思片刻，她想起晓妍和子健，雨柔和江苇，那两对天不怕地不怕的年轻人！那两对充满了机智、热情与正义感的年轻人！她猛地打了个冷战，脑筋清醒了，翻身而起，她坐在沙发上，望着俊之。

"俊之，你知道，一切已经不能挽回了！"

"世界上没有不能挽回的事！"他说。

"太晚了！都太晚了！"她说。

"不不！"他抓着她的手，"追求一份感情生活，永不太晚。雨秋，我真傻！那天在海滩上，我完全像个傻瓜！我居然会相信你，我真愚不可及！还好，还不太晚，你还没有走！雨秋，我们再开始，给我机会！雨秋，不晚，真的不晚，我们再开始……"

"晚了！"她拼命摇头，"我必须走！他在海的那边等我，我不能失言！"

"你能！"他迫切地喊，"雨秋，你为什么要做违背本性的事！你根本不爱他，不是吗？"

"违背本性，却不违背传统道德，"她幽幽地说，"我生在这个时代，必须违背一样，不能两样兼顾！我选择了前者，就是这么回事！"

"雨秋，这是你的个性吗？"

"我的个性在转变，"她低语，"随着时间，我的个性在转变，我必须屈服在传统底下，我没办法，或者，若干年后，晓妍他们那一代，会比我勇敢……我实在不是一个很勇敢的女人，敢于对传统反叛的人，不只需要勇敢，还需要一颗很硬的心。我缺少那颗心，俊之。"

"我不懂你的话！"俊之苍白着脸说，"你完全前后矛盾。"

"你懂的，"她冷静地说，"因为你也缺少那颗心，你无法真正舍弃你的妻子儿女，对不对？"她的眼睛灼灼逼人地望着他："如果你太太因此而死，你会愧疚终身，她将永远站在我和你之间，不让我们安宁。俊之，我爱你，因为你和我一样矛盾，一样热情，一样不顾一切地追求一份爱情生活，却也和我一样，缺少了一颗很硬的心。俊之，别勉强我，"她摇头，语重而心长，"别破坏我心中对你的印象。现在，我离开你，是我的躯壳，如果你破坏了那个好印象，我离开你的时候，就是彻彻底底的了。"

他凝视她，在这一瞬间，他懂了！他终于懂了！他完全了解了她的意思。太晚了！是的，太晚了！无论如何，他抛不掉已经属于他的那一切：婚姻、子女、家庭、妻子。他永远抛不掉！因为他没有那颗铁石心肠！他瞪视着她，两人相对凝视，搜索着彼此的灵魂，然后，骤然间，他们又紧紧地、紧紧地拥抱在一起了。

夜，静静地流逝，他们不忍分离，好久好久，夜深了。她说："你回去吧！""你什么时候走？"他低问。

"最好你不要知道。"

"那个人，"他咬紧牙关，"很爱你吗？"

"是的。"

"很了解你吗？"

"不是的。"她坦率地说，"爱不一定要了解，不了解的爱反而单纯。我爱花，却从不了解花。"她一眼看到桌上那张画像，她拿起来，递给他："一件礼物。"她说，"我只是这样一张画，现代的、西方的技巧，古典的、中国的思想。当我在这张西画上题古人的诗词时，我觉得滑稽，却也觉得合适。你懂了吗？我，就是这样的。又西方，又东方。又现代，又古典。又反叛，又传统——一个集矛盾于大成的人物。你喜欢她，你就必须接受属于她的所有的矛盾。"

他深思地、心碎地、痛楚地望着她，然后，他接过那张画，默默地望着那画中的女郎，半含忧郁半含愁，半带潇洒半带柔情。莫道不销魂，帘卷西风，人比黄花瘦！他看了好久好久，然后，他无意间翻过来，看到那背面，写着两行字："花自飘零水自流，一种相思，两处闲愁，此情无计可消除，才下眉头，却上心头！"

他抬起眼睛来，深深地望着她，四目相瞩，心碎神伤。她悄然地移了过去，把头慢慢地倚进了他的怀里。

三天后，雨秋离开了台湾。

船，是在基隆启航，她没有告诉任何人，她的船期；也没告诉任何人，她的目的地。可是，当船要启航之前，晓妍和子健，雨柔和江苇，却都赶来了。两对出色的年轻人，一阵热情的拥抱和呼喊，她望着他们，心中酸楚，而热泪盈眶。

雨柔手里拿着一幅大大的油画，她送到雨秋面前来，含泪说："爸爸要我把这个送给你！"

她惊讶地接过那幅画，愣了。那是她那张《浪花》，在云涛挂出来一个星期以后，俊之就通知她卖掉了。她愕然片刻，喃喃地说："我以为——这幅画是卖掉了的。"

"是卖掉了。"雨柔说，"买的人是爸爸，这幅画始终挂在爸爸私有的小天地里——他的书房中。现在，这幅画的位置，换了一幅绿色的水彩人像。爸爸要我把它给你，他说，他生命里，再也没有浪花了。"

雨秋望着雨柔。

"他生命里，不再需要这幅《浪花》了，"她含泪说，唇边带着一个软弱的微笑，"他有你们，不是吗？你们就是他的浪花。"

"他还有一张绿色的水彩人像。"雨柔说。

雨秋深思地望着他们。这一代的年轻人，将是一串大的浪花。他们太聪明、太敏感、太有思想和勇气。晓妍走过去，悄悄地扯了雨秋的衣服一下。

"姨妈，我有几句话要问你。"

"好的。"雨秋把她揽向一边。

晓妍抬起睫毛来，深切地凝视着她。

"姨妈，"她低声问，"真有一个李凡吗？"

她震动了一下。

"什么意思？"她问。

"没有李凡，是不是？"晓妍紧盯着她，"你并不是真正去投奔一个男人，你永不会投进一个没有爱情的男人的怀里。所以，你只是从贺伯伯身边逃开，走向一个不可知的未来而已。"

雨秋抚弄着晓妍的短发。

"晓妍，"她微笑地说，"你长大了，你真的长大了，以后，再也不会哭着找姨妈了。"她揽紧了她："回家，过得惯吗？"

"我在造桥，"她说，"我想，有一天，我们每个人都会成为很好的造桥工程师。"

雨秋笑了。

江苇大踏步地跨了过来。

"秦阿姨，你们讲够了没有？"

雨秋回过头来。

"秦阿姨，"江苇说，"我一直想对你说一句话，一句我生平不肯对任何人说的话：我佩服你！秦阿姨！"

雨秋眼中，泪光闪烁。

子健也往前跨了一步："再说什么似乎很多余，"他说，望着雨秋，"可是，依然不能不说。姨妈，我和雨柔，我们对你衷心感激。你不知道这份感激有多深！"

是吗？她望着这一群孩子们，泪珠一直在眼眶中打转。

船上，已几度催旅客上船了，她对他们挥挥手。"是"与"非"，"对"与"错"，现在都不太重要了，她只说了一句："好自为之！你们！"

然后，拿着那幅《浪花》，她上了船。

船慢慢地离港了，慢慢地驶出了码头，她一直不愿回到船舱里去，站在甲板上，她眺望着港口变小变远，变得无影无踪。几只海鸥，绕着船飞来飞去。她想起晓妍问的话，真有一个李凡吗？然后，她想起苏轼的词里有"惊起却回头，有恨无人省，拣尽寒枝不肯栖，寂寞沙洲冷"的句子，是的，拣尽寒枝不肯栖！此去何方？她望着那些海鸟，此去何方？

海浪在船下汹涌，她看着那些浪花，滔滔滚滚、汹汹涌涌，浪花此起彼伏，无休无止。她看到手里那幅画了，从此，生命里再也没有浪花了。举起那幅画来，她把它投进了海浪里。那幅画在浪花中载沉载浮，越漂越远，只一会儿，《浪花》就被卷入了浪花里。

她又想起那支歌了："问世间情为何物？笑世人神魂颠倒，看古今多少佳话，都早被浪花冲了。"

浪花一直在汹涌着，汹涌着，汹涌着。

——全文完——

一九七四年三月十日夜初稿脱稿
一九七四年四月五日晚修正完毕

（京权）图字：01-2025-0195

图书在版编目（CIP）数据

浪花 / 琼瑶著 . -- 北京：作家出版社，2025.1.
（琼瑶作品大全集）. -- ISBN 978-7-5212-3236-3

Ⅰ. I247.5

中国国家版本馆 CIP 数据核字第 2025NM8622 号

浪花（琼瑶作品大全集）

作　　者：琼　瑶
责任编辑：刘潇潇　单文怡
装帧设计：棱角视觉　纸方程·于文妍
责任印制：李大庆　金志宏
出版发行：作家出版社有限公司
社　　址：北京农展馆南里 10 号　　　邮　　编：100125
电话传真：86-10-65067186（发行中心）
　　　　　86-10-65004079（总编室）
E-mail: zuojia@zuojia.net.cn
http://www.zuojiachubanshe.com
印　　刷：北京盛通印刷股份有限公司
成品尺寸：142×210
字　　数：160 千
印　　张：8
版　　次：2025 年 1 月第 1 版
印　　次：2025 年 1 月第 1 次印刷
ISBN　978-7-5212-3236-3
定　　价：2754.00 元（全 71 册）

品　琼　瑶　经　典

忆　匆　匆　那　年

琼 瑶 作 品 大 全 集